みのもんた



# 義理と人情
## 僕はなぜ働くのか

GS
幻冬舎新書
033

# まえがき

昨年末、僕は「1週間で最も長時間、テレビの生番組に出演する司会者」として、ギネスワールドレコーズに認定されました。

ギネスが1年かけて測定した結果、1週間で21時間42分にわたって司会をしていたそうです。これも、全て陰で支えてくれた家族、番組スタッフ、みなさんのおかげだと感謝しています。

そんな僕は、人様から「なんでそんなに働くの?」「仕事を選ばないの?」とよく聞かれます。

その質問に、僕はいつもこう答えます。

「仕事を選ぶなんてもったいない」「仕事を選ぶなんてもってのほかです」と。

この答えには、2つ理由があります。

1つめは、3年前に還暦を迎えて、今、心から仕事が楽しくて楽しくて仕方がないのです。若いときも、仕事が好きでしたが、見栄やプライドなどさまざまなものに縛られ、純粋に仕事を楽しむことができませんでした。

今、全てから解き放たれ、純粋に仕事が楽しいと思えるのです。

そのため、不思議と「忙しい」という意識が希薄で、「疲れた」と感じることもほとんどありません。

2つめは、だれかが僕を望んでくれて、必要としてくれている限り、その気持ちに心から感謝し、できる限り応えたいと思っています。

20代で『セイ！ヤング』のＤＪに抜擢され、その後勘違いしてしまった僕は、仕事を失い、10年間近く芸能界から干されていました。

その間、そしてその後も、僕のことを親身になって考え、力になってくれた家族、先輩、番組スタッフ、お店の方々、お世話になった全ての人へ恩返ししたいと思っています。

僕が恩返しできること、それが仕事をすることなのです。求められているのであれば、僕はどこへでも行きます。

もちろん、最初からそう思って働いていたのではありません。

僕がそんな気持ちになれたのは、父のおかげです。

父はだれに対しても感謝の心を忘れませんでした。友人や仕事関係者はもちろんのこと、お酒を呑みに行っても、

「ありがとう。楽しかった。おいしかった」と最後には必ず店の女性に感謝の言葉を伝えます。

父が病院で亡くなった後、婦長さんや看護師さんに挨拶に行ったとき、こんな話を聞きました。

「わたしたち、お父さまのこと、天皇陛下って呼んでたのよ」。もう喋ることもできなかった父は、看護師さんに感謝の気持ちを伝えるため、面倒を看てくれる看護師さんが部屋を出るまでいつもずっと手を振っていたといいます。

どんなに痛くても辛くても泣き言ひとつ言わず、ただただ父は最後まで看護師さんに

感謝していたそうです。

人としての義理、ルールを僕は父の生きざまから学びました。

ここまでの道のりは、決して平坦なものではありませんでした。失敗して、失敗して、ようやく仕事の本質がわかってきたころには、老境の域に達しているというのですから、皮肉なものです。それでも、生きているうちに仕事の楽しさを知ることができたのは幸運だと思います。

今、自分が積み重ねてきたこと、感じてきたことを、どうやって下の世代に残していこうか、考えています。

この本が、仕事人として一生懸命生きようとする人の励ましになれば、こんなにうれしいことはありません。

義理と人情／目次

## 第二章 挫折が教えてくれたこと 43

# 第一章

# 仕事に惚れて、惚れられる

## 楽しいから働く

「楽しいから働く」。僕が働く理由はそれだけです。しかし、僕がこう言うと、たいていの方は「寝る時間もろくにないのに、よく言うよ」と訝しげな顔をします。金のため、名誉のためと思う方もたくさんいらっしゃるでしょう。

正直に白状すれば、僕が心から仕事が楽しいと思えたのは実は60歳を過ぎてからのこと。それまでは、仕事は好きでしたが、楽しいというほどではありませんでした。

ちょっと分かりにくいかもしれませんが、「仕事が好き」ということと「仕事が楽しい」ということは、似ているようでまったく違うことだと思うのです。

恋愛にたとえるなら、「彼女が好き」なのと「彼女といると楽しい」はイコールではないのと一緒です。「好き」の理由は、もしかしたら彼女のルックスや、彼女とのセックスに惚れているだけかもしれません。

一方、「彼女といると楽しい」という感情はもっと理屈抜きの感情です。純粋に楽しいからもっともっと一緒にいたくなり、一緒にいればいるほど好きになる。「好き」はあくまで色々な要素を孕んだ結果なのではないでしょうか。

これは、仕事にも同じことが言えます。仕事がうまくいけば、儲かって、周りにチヤホヤされます。こんな状態は誰だって「好き」なはず。そういう意味でいったら、核兵器を見せびらかして世界を脅かすあの国の総裁も、逮捕されたIT長者も、汚職で辞めた政治家も、自分の仕事が大好きだったと思います。

60歳までの僕もそうでした。稼げるとか、目立つとか色々な意味を含めて仕事が好きでした。

メディアで人気になるのはいいこと尽くしです。人から注目される上に、富や名声まで手に入るのですから。しかし、そこには思わぬ落とし穴があります。

それは、人気に振り回されるということです。

人気者は、人気者の特権があまりに魅力的なため、その地位に執着するようになります。一度味わった富や名声の味はあまりに甘いため、自分の意思を投げ打ってでも、人気者でい続けたくなるのです。常に輝いていたいから、人からどういう風に見られるかが一番気になる。

すると本来の自分はどこへやら。そのうち、行動の全てが人気者でい続けるためのあざとい作戦になっていきます。そして、本来自分は何をやりたいのか、何をやるべきなのかが分からなくなり、次第に自分という存在を見失っていくのです。

他ならぬ僕も、こんなスパイラルにはまったことがありました。いや、長らくその渦中にいたのかもしれません。

ところが、そんな僕に転機がやってきました。それは、1年半ほど前には、あれほど丈夫だった腰にガタがきたことです。これが、僕にとって思わぬ恩恵をもたらしてくれました。

## 年というのは、いい先生

腰が痛くなると、旺盛だった食欲もぱったりと衰えます。このとき、初めて知ったのですが人間とはうまくできたもので、食べる量が減ると、本能的に必要なものを厳選しようとするんです。ほうっておいても、体が今の自分に必要な栄養素をしっかり摂《と》ろうとする。この〝本能〟には驚きました。

そして、これと同じことが仕事に対する考え方にも表れたのです。病気をキッカケに、

「残りの人生でやれることは限られている。だったら、今の自分が本当にやりたいこと、やるべきことをやろう」と、仕事についてシンプルに考えるようになりました。

と同時に、やりたいこと、やるべきことのビジョンが明確に浮かんできたのです。やりたいこととは、自分の本音を言うこと。やるべきこととは、おこがましいようですが、1人でも多くの視聴者の方に喜んでもらうことです。

どうせ残り少ない人生なのですから、言いたいことを好きに言って、干されたとしても、それはそれでいいやという気になりました。

一度覚悟を決めると、今までさんざん振り回されてきた視聴率とか人様の目といった、世間体がほとんど気にならなくなりました。こうして僕は、次第にしがらみから解放され、自由になっていったのです。

人様の目が気にならなくなったその一方で、視聴者や人々の気持ちが手にとるように分かってきました。どんなことに悩み、どんなことを知りたがっているのか。送り手ではなく、テレビを見ている人の苦しんでいる姿が分かる。

年をとるというのは、本当にいい先生、いい教科書だと思います。60過ぎて初めて分かる。還暦まではぐちゃぐちゃ言わず、一生懸命やればいい。60を過ぎると年が教えてくれます。

僕自身も、仕事が俄然楽しくなりました。しかも驚いたことに、結果もついてくるようになったのです。

皮肉な話ですが、視聴率に拘らなくなった途端、『朝ズバッ！』の視聴率が、同時間帯のナンバーワンになりました。それだけではありません。目に見えて、視聴者の反響が大きくなったのです。

## 仕事に惚れる

このとき僕は、仕事を始めたばかりの初心に戻った感覚でした。そう、僕のやりたいことは、実は昔も今も変わらず、お客さん（視聴者、聴取者）に喜んでもらうこと。ただ、それだけなのです。

僕が、初めてお客さんを喜ばせる楽しさを知ったのは、文化放送アナウンサー時代『セイ！ヤング』のディスクジョッキーに抜擢されたときでした。70年代は、レコードの黄金時代。運がいいことに、僕はこの〝時代の波〟にスポーンと乗ったのです。

当時、僕は、まだ世間のこともよく知らない、20代半ばのガキ。にもかかわらず、いきなり選曲権を獲得。自分が好きな曲を流していいという裁量を与えられたのです。

そして、僕が流したのは、「惚れ込んだ曲」。これだけでした。

もちろん、他のディスクジョッキーも自分が「惚れた曲」を流していたと思います。誰だって、「いい曲だな」と思ったら、かけたいのが人情です。

でも、僕の惚れ方は、そんなものではなかった。「僕が惚れ抜いた曲なら、お客さんもきっと惚れてくれる」という勝手な思い込みによるものでした。

しかし、この思い込みがよかったのかもしれません。惚れた勢いで流しまくった曲は、かなりの確率でヒットしたからです。

例えば、梓みちよの『メランコリー』。この曲に、僕は心底惚れました。聴いてまず、メロディーに惚れ、歌詞に惚れ、梓みちよに惚れた。

話はそれますが、当時のディスクジョッキーは、レコード会社やプロダクションからの接待攻勢がそれはすごかったものです。お酒を奢られるのはもちろんのこと、お車代や、お土産など、一度貰ってしまうとそれこそキリがないほどでした。渡された茶封筒に、いくらか入っていたこともありました。ほとんど、賄賂の世界です。

　しかし、タダほど怖いものはないとはよくいったもので、何でもかんでも受け取っていると、がんじがらめになってしまう。こうなると、身の破滅。特定のレコード会社やプロダクションの〝御用ＤＪ〟に転落です（僕は、さすがにそこまで悪ノリしませんでしたが）。

　僕は意外と頑固者で、担当者にどんなに熱心に接待されても、惚れられない曲はどうしても惚れられませんでした。また、僕自身、「好き」「嫌い」で判断することを少しも恥じていませんでした。

　その分、好きな曲、惚れた曲への思い入れはそれこそ人一倍。惚れた曲をかけてかけて、ヒットした暁には、それこそ涙を流して喜んだものです。

## 渥美二郎に惚れた

僕が惚れた歌手の１人に、渥美二郎さんがいました。今では大物演歌歌手となったあの渥美二郎です。

出会いは、昭和53年。彼が、まだ無名だったころ。ちょうど、『夢追い酒』という曲で売り出し中のときでした。

第一印象は、強烈でした。直立不動の姿勢でいきなり、「あーなーた、なーぜなーぜ♪」なんて歌いだすのです。

しかも風采は、歌手というよりは、信用金庫の職員といった感じ。まるで自転車で「奥さん、年金はここに入れたほうがいいですよ」なんて一軒一軒回っていそうな雰囲気でした。思わず、「あなたね、このあたりに、シマノ信用金庫ってのがあるから、そこにでも就職したら？」と言ってしまったほどです。そうしたら、彼は真剣そのものの表情で「僕は、演歌が好きで、好きで。ずっと流しをやってきたんです」と言うじゃないですか。

これには驚きました。流しをしていたような世慣れた雰囲気はまるでなく、ピシッと礼儀正しくて、純粋そのものだったからです。

このギャップに、僕はすっかり惚れてしまいました。こうなるともう、矢も楯もたまらず、「なんとかしよう」と思ってしまう。ピンときた瞬間に、「今日の1曲目は、新人渥美二郎です」とレコードを回していました。そして、2曲目。「2曲目も新人、渥美二郎です」と続けて流した。これは、実際にやった話です。

するとと、マネージャー、プロデューサー、営業マンが3人して「2曲連続でかけるなんてやめてください」と大慌て。でも、僕はやめませんでした。「駄目だよ、ヒットするまでは」と、番組の最後に、また2回かけたくらいですから。

僕は本気になると、ここまでやってしまうのです。頼まれてもいないのに、渥美二郎と一緒に営業回りをしたこともありました。彼をスーパーの前に連れていき、ミカン箱の上に乗せて、「渥美二郎、渥美二郎。演歌の、演歌の信用金庫です」なんて、ワケの分からない口上で客を引くのです。

そうすると、街の人たちが集まって、「演歌の信用金庫だ！」なんてウケてくれる。次第に、街の人が応援してくれるようになり、曲はヒットチャートをグングン駆け上っていきました。

## 惚れてないのに、惚れたふりは不純

嬉しいことに、僕が番組で流した曲は多くの視聴者に受け入れられました。無論、曲や歌手、担当者の力が大きいですが、少なからず僕も貢献できたと思います。

なぜか？　僕は何かに惚れると、紹介一つにしても、力の入れようが違う。すると説得力が増して、視聴者の方も、「みのさんが、そんなに言うなら聞いてみようかな」と思ってくださる。だから、僕は徹底して「惚れた曲」しか流しませんでした。

レコード会社やプロダクションの方がいくら売り込んできても、接待してくれても、惚れられないものは惚れられません。「タイプじゃないので、勘弁して」ってなものです。

我儘かもしれませんが、僕はこの「惚れる」という感覚を大事にしたい。一生、何かに、誰かに惚れていたいと思っています。ディスクジョッキーとして、司会者として、自分が惚れていないことをお客様に薦めるほうが不純だと思ってしまうのです。

## 人の心を打つのは「本気」だけ

『おもいッきりテレビ』にしてもそうです。僕が惚れてもいないものを、視聴者の方にお薦めするなんてとてもじゃないけど、できません。例えば、打ち合わせの段階で、「次の特集はナスにしよう」と議題にあがったとします。そうしたら、僕は、そこいらじゅうに、「ナスって体にいいんですか?」と、聞いて回る。「体にいい証拠は?」とか、「統計はあるんですか?」といった具合に、根拠を探るのです。その上で、実際に自分で試してみます。そこで、確かに「ナスは健康にいい」と思ったら、お客様に堂々と薦めるのです。

つまり、たかだかナスと侮るなかれ。僕は、ナス相手でも惚れているということです。惚れてもいないで、どうして視聴者の方に対して、「説得力」が生まれますか。

視聴者の心を打つのは、「本気」だけ。逆を言えば、本気じゃないモノを薦めたところで、お客さんの心はつかめません。

でも、今の人を見ていると、「惚れてないくせに、惚れたふりをしているな」と感じることが実に多い。仕事にも、扱う商品にも、お客様にも、「本気」の迫力を感じないのです。そのくせ、体裁をつくろうのだけは得意で、それらしいことを言って惚れたふりをしている。

だから仕事も恋愛も本気でぶつからない。

一部の国会議員もそうです。果たして彼らは、仕事や地元に、本気で惚れているのでしょうか？　惚れていたら、収賄だの談合だのはできないはずです。悲しいですが、本当に惚れているのは、金や権力だけなのかもしれません。

## 仕事は選ぶのではなく選ばれる

楽しいから働く。僕を奮い立たせるものは楽しさ。僕は至って、単純な男なのです。

なのに、人は理屈をこねたがるもの。人からはよく、「なんで仕事を選ばないんですか？」と聞かれます。楽しい仕事は断りたくない。それだけです。

そもそも、僕はこの「仕事を選ぶ」という感覚が理解できないのです。

仕事とは、本来選ばれるもの。僕が選ぶだなんて、おこがましい気がしてなりません。

仕事が僕を必要として選んでくれるのであって、断じて僕が仕事を選ぶわけではありません。いつだって仕事から選ばれる自分でいたい。だから、僕は休みを取るのが嫌いなのです。

理由は単純です。休みを取ると、いざというときに存在感を出せないからです。人は、パッと思い出す人に仕事を頼む傾向があります。そのため、一匹狼の芸人にとって「不在」はリスク。すぐに思い出してもらえなくなるからです。

従って、僕の仕事の場合だと、「テレビに出続けている」ことが非常に重要なのです。たとえていうなら、仕事が仕事を呼ぶといいますか、「いつもいる」ことが自然と僕のPRになっているのです。

プロというのはそういうものだと思います。常日頃から存在感を発揮していないことには、いい仕事を逃してしまうのです。

現に、僕が休まず働いているときに、哀れみみたいな目を向けて、「なんで、来る仕事、来る仕事引き受けるの。なんで、休みを取らないの、そのうち潰れちゃうよ」と言っていた人たちは、いともあっさり表舞台から消えていきました。それも、一時は売れに売れていた人がです。

まるで、アリとキリギリスの寓話を地でいく話です。

そういえば、業界から消えた人は、不思議とみな共通点がありました。それは「傲慢」です。

「俺の名前は台本の最初に書いてなきゃだめだって言ったろ」とか、「俺の控え室はこうじゃなきゃだめなんだよ」なんてスタッフに難癖つけていた連中に限って、いともあっさりと業界から退場していきました。

彼らは「主役」のプライドがめっぽう強かった。皮肉にもその奢りが、彼らに仕事を選ばせ、彼らを主役の座から下ろしてしまったのでしょう。奢れるもの久しからずといったところでしょうか。

やっぱり、仕事は選ぶものではない、選ばれるものだと、改めて思います。

## 表舞台で輝き続ける人

仕事は選ばれるものと言いましたが、わけても主役は別格。まさに「選ばれしもの」の頂点です。そして、芸能界に入った人が等しく目指すゴールです。

しかし、そのゴールは安住の地ではありません。ライバルに蹴落とされるわ、下から若手に突き上げられるわ、いつその座を奪われるか、分かったもんじゃありません。芸能界はそういう、厳しい世界です。

しかしごく稀ですが、いつまでも表舞台で輝き続ける人がいます。その代表が森光子さんです。森さんを見ていると、その理由がよく分かります。

まず、森さんは自分が「看板」を張っているという気負いがまったくない。その証拠に、新作舞台の記者発表で、本来「看板」がいるべき席にいたためしがありません。そのかわり、「看板」でない人が、「看板」の席に座っています。しかし、報道陣は当然森さんばかりを写すので、自然と森さんのいる席が、また「看板」の席になってしまう。

それほどのスターなのに、素顔の森さんは、いたって気さく。いつお会いしても、満面の笑顔で、「この間お会いしたときは、どこそこに連れていってくれたでしょ。楽しかったわ～」といった具合に、優しく話しかけてくれる。だから、周りが自然と「よし、森さんのためだったら何だってやってやろう」という気になる。本物のスターとは、こういう人のことを言うのだと思います。

逆に、表舞台から消えていくのは、「私は看板です」と言わんばかりの人。こういった人は、「看板」に力むあまり、決して脇役の仕事をやらない。仕事を選んで、そのうち誰からも相手にされなくなる。すると、ますます意固地になって、周囲に威張り散らす。結果、人の心をつかめなくなり、人の心が離れていく。まるで、20代の頃の僕のようです。

## 情けは人のためならず

20代の僕は、一生懸命でしたが、不純な動機で働いていたと思います。例えば、「あいつに勝ちたい」とか「見返してやりたい」といった感情です。こうした感情は、一時的に仕事をする上での「励み」にはなります。

しかし、「励み」が必ず報われるとは限りません。むしろ、戦いに敗れ、傷つくことのほうが多い。すると、たちまちやる気を失います。つまり、不純な動機では、なかなか続かないのです。

だったら、最初から人にライバル心なんて持たないほうがいい。今となっては、それがよく分かります。

先日もテレビ局に勤める息子にこう言ってやりました。

「お前、優秀な同期がたくさんいるんだから、あまり競争するなよ。むしろ、同期のために、応援してやれよ。同期の顔を立ててろよ」と。

こう言うと、息子は腑に落ちない顔をしています。同期を立てる？　と、どうにも釈然としないようです。

そこで、僕はこう続けました。

「同期を応援して、どんどん出世させるんだ。仕事はむこうのほうが優秀なんだから、お前は酒で勝負しろ。同期が酒を飲まされて苦しんでいたら、お前は、体力はあるんだから、代わりに飲んでやれ、絶対に先に帰るなよ」

あまり、納得はしていない様子でしたが、とりあえず息子は「はい」と聞いていました。

ある日、「仕事はどうだ？」と聞いたら、「うん。まあ楽しいよ」と言ってきました。何でも、同期の仲間が、「酒の席で、みのが代わりに飲んでくれた。助けられちゃったよ」と言ってくれたというのです。どうやら僕の教訓を実践してくれたらしい。人間関係が円滑になって、仕事が楽しくなったのでしょう。これこそが、僕のお説教の狙いです。相手を立てていれば、そのうち自分に返ってくる。人に勝とうだなんて思わずに、相手に花を持たせる。まさに「情けは人のためならず」です。

## 人のいいところしか見ない

僕は単純な人間です。楽しいから働く。美味しいから飲む。人間関係においてもそうです。好きだから、楽しく接する。ただ、それだけです。人にそう言うと、「でも、嫌いな人だっているでしょ？」と、こう来る。僕も人間ですから、生理的に嫌いな人はいます。でも、総じて好き嫌いは少ないほうです。というのも、これまた僕の単純な性格が起因しているのです。人と喋っていて、この人は自分のことが嫌いだなとか、好きだなと感じることはありませんか？　僕はよく感じます。でも、僕の場合はかなり特殊で、全ての人に「この人、僕のことが好きかもしれない」と感じてしまうのです。

これには、自分でも困っています。あの吉永小百合さんと話したときでさえ、「この人絶対に俺のこと好きなんじゃないかな」なんて感じてしまったほどですから。勘違いも、甚だしい。

でも、この「勘違い」がプラスに働くこともあるのです。

なぜなら、人は基本的に自分のことが好きな人を好きになります。僕の場合、相手は自分のことが好きだと思い込むことが多いため、自分から人を嫌いになることが少ないのです。

もっとも、僕の人間関係は意外にビジネスライク。仕事の現場や、酒席では楽しくやりますが、それ以上のつき合いは求めないので、嫌いになりようがないともいえるのです。

## 人の意見は素直に聞く

とはいえ、本気で仕事をしていると、仕事相手と意見のぶつかり合いになることは多々あります。僕も、さんざんありました。結論からいうと、この場合、相手の意見は尊重すべきだと思います。

以前、こんなことがありました。43歳にしてやっと『おもいッきりテレビ』の司会に抜擢されたときのことです。『おもいッきり』は、僕のテレビ初レギュラー。しかも、激戦のお昼。お隣のTBSでは山城新伍さんが絶好調。さらにお隣のフジテレビでも、タモリさんは絶頂期を迎え、脂が乗り切っていました。ライバルに不足はありません。それは、もう張り切りました。

ラジオ出身なだけに喋りだけには自信があった僕は、それこそ立て板に水。喋って、喋って、喋り捲りました。ところが、なぜだか空回りするのです。当然、視聴率もついてきません。

そんな頃です。当時の番組の大プロデューサーに、「みのさん、ちょっとだけ言わせて」と呼び出されたのです。そして、ピシャリと一言。

「『おもいッきりテレビ』はトークショー。だけど、みのさんのやっていることは、トークショーになっていない。あなたのは、ただの無駄話」

これには、図太い僕もさすがにグサッときました。四十男をつかまえて、もう土台から、否定したわけですから。

しかし、言われてみればご説ごもっとも。振り返ってみると、あの頃は、ゲストを無視して1人で話しているだけでした。彼の指摘で、「このままではいけない」とハタと気がついたわけです。

「では、どうしたらいいのでしょうか？」と素直に相談したところ、

「あなたのためにフリップもあれば、4人のゲストもいる。お客さんもいる。フリップを使う、ゲストに話を振る、お客さんにも喋らせればいい。あなたは、少し、楽してください」

これには、「なるほど」と思いました。それからです。『おもいッきりテレビ』の視聴率がうなぎ登りとなったのは。

## あなた次第

このように、建設的に意見を言ってくれる人ならいいのですが、ウマが合わないというか、価値観が正反対というか、要するに生理的に合わない人というのは誰にでも必ず

いるものです。

また、こういうときは、だいたい向こうは向こうでこっちが嫌い。それが分かるだけに、こっちもますます嫌いになるのです。

仕事をする上で、性格の合わない人はごまんといます。その人の仕事ぶりがよければ、まだ我慢できますが、そうでないと、仕事はとたんにストレスになります。

では、こんなときどうするか？　僕は率直に、相手に「あなたは、僕と一緒に仕事したいの？」と聞いてしまいます。「番組、どうしますか？　続けるの？」とも。

要は、コトを「あなた次第」にしてしまうのです。だいたいの場合は、「仕事なんだから、そりゃ、やるっきゃないでしょ」となります。そこで僕は、「だったら、気持ちよくやろうよ」と返すのです。

「じゃあ、気持ちよく仕事をするにはどうしたらいいか。目標は1つ。視聴率だよな。じゃあ視聴率のために頑張ろうよ。成功したら打ち上げをやりましょう。失敗したら、僕が『お疲れさん会』をやらせてもらいますよ」

表面に出るのは、プロデューサーではありません。世の中の人が僕を評価する。プロデューサーを評価するのは会社です。

こう言うと、たいてい相手は納得して、「じゃあ、やりましょう」となることが多い。結果、仕事が円滑に進むことが多いのです。

## 僕とつき合うと楽しいよ

結局、日本社会は嫉妬の社会です。出る杭は打たれる。そういう文化です。これはもう仕方がありません。

文化放送時代、僕が閑職に追いやられたのも、嫉妬が理由と言えばそうでした。20代やそこらでスター扱いされたため、見せしめに外されたのだと思います。

このときは、しばらくは耐えましたが、結果として辞めました。結局、嫉妬に負けたのです。

では、今はどうかというと、今も僕を嫌いな人はたくさんいると思います。高額納税者に名を連ねたときなどは、飲んでいると、それこそ矢のように視線が突き刺さることもありました。

だけど僕は、つき合いがない人から勝手に嫌われる分には、なんとも思いません。反面、つき合いがあって嫌われるのは、とても辛い。自分で言うのもなんですが、僕はつき合うと楽しい男だと思うのです。僕を嫌いな人は、たぶん、僕を知らないから、嫌うんじゃないかな。つき合えば、好きになっちゃうかもしれないのに。というのは、あまりに暢気な考え方でしょうか。

## ものは考えよう

結局、人を好きになるか嫌いになるかも、仕事を楽しめるか楽しめないかも、考え方次第だと思うのです。

僕がよく「ストレスはない」とか、「我慢なんてしていない」と言うと、「みのがまた強がりを言う」と指摘する人もいます。

これは、やはり酒とか女性から端を発していることなのですが、僕は酒を飲むときは、「美味しくないな」と思いながら飲みたくない。そういう発想が仕事でも人づき合いにもあるのです。

例えば僕は、缶ビールでもドンペリでも等しく「美味しい」と思って飲みたい。女性にしてもそうです。銀座に行くと、隣に女性がつきます。綺麗な人もいれば、そうでない人もいます。当然、いつも綺麗な人がつくとは限りません。

昔だったら、あまり綺麗ではない人がつくと、「こんな女が俺の隣かよ。向こうには、あんなに若くていい女がいるってのに」なんて思ったものですが、そんなことを考えている間は少しも楽しくないし、お酒も美味しくありません。

ところが、「僕は楽しいから飲みにきているんだ」と思うようになってからは、たとえどんな女性が隣に座っても、その人の素敵なところが見えてくるようになりました。これも1つの「考え方次第」です。

仕事にしたってそうです。「疲れた」と思うのか「充実している」と思うかは、考え方次第。疲れたと愚痴っていると、本当に疲労してくるから不思議です。

「忙しい」「忙しくない」にしたってそう。僕は人に「忙しいでしょ?」と聞かれると、「暇ですよ」と答えるようにしています。だって、まだ水曜日と日曜日の夜が空いていますからね。

# 第二章

# 挫折が教えてくれたこと

## 家業没落でボンボン転落

脳天気な性格のせいでしょうか、僕はずっと「苦労知らず」に見られがちです。中には、僕がずっと前からテレビの司会者だったと思っている方もいらっしゃいます。

ところが、下積みも苦労も人並み以上に経験しています。挫折だって、何度あったことか分かりません。少しも順風満帆なキャリアではないのです。

僕は、東京は祖師ヶ谷大蔵というところで生まれました。父は、水道メーター会社を経営。自宅は600坪ほどあり、花見の季節ともなると近所中の人を呼んで、酒を振舞ったりと、暮らしぶりはそれなりに裕福でした。『柔道一代』という東映映画のロケ地として使われたこともありました。

両親は教育熱心で、中学校は私立の立教中学に進学。手前味噌ですが、何不自由なく育った「お坊ちゃん」でした。

ところが、僕が立教中学3年生のとき。伊勢湾台風が起こり、状況が一変します。名古屋にあった父の会社の工場は全壊。父の会社は倒産の危機に陥りました。

次第に家計は逼迫。母親は質屋通いを始め、家にあった掛け軸が1本2本と消えていきました。高校には無事進学できたものの、そのうち、「法男を大学に入れてやれるかな?」という両親のヒソヒソ声が、夜中に聞こえてくるようになりました。

そのときのショックといったらありませんでした。エスカレーター式の学校だったので、当然大学に行けるものと信じて疑わなかったわけですから。

しかし、こうなったら仕方がない。大学に行くには、自分でなんとかするしかありません。そこで、僕は、高校で禁止されていたアルバイトに精を出すようになりました。

今川焼き売りから、デパートの売り子、お歳暮の配達に家庭教師。それこそ、何でもやりました。

とりわけ、惨めだったのが、電報配達でした。池袋の電報局でバイトしていたのですが、立教にはチャペルがあるので、土日ともなると、母校のチャペルに結婚式の祝電を届けなくてはいけないのです。

自分の学校に、電報局の帽子を被って入るのが、どれほど屈辱的か。嫌で嫌で仕方がありませんでした。それに、男のやせ我慢というか、見栄というか、当時の僕はバイトしていることを、級友たちに知らせていなかったので、友達にバレないように、必死でした。

また、学校帰りに友達と映画に行くときも、「お金がない」とは言えなくて「俺は、その映画は見たくないや」なんて嘘をついたり、皆でボーリング場に行くときも、友達は、5ゲーム、6ゲームするのに、僕だけ1ゲームで我慢する、なんてこともありました。

## 最終面接で久米宏に敗北

アルバイトに精を出したかいもあって、大学は、なんとか立教大学の経済学部に進学できました。とはいえ、進学後もデパートのお歳暮やお中元の発送、惣菜売り場の売り子、家庭教師などバイトは続けていました。そうしないと、学費と小遣いが賄えなかったからです。こう見えて、結構、苦学生だったのです。

大学では、後に女房となる女性と出会い、親友にも恵まれ、楽しい4年間でしたが、またしても挫折を味わうことになります。

就職活動での失敗です。当時、僕は日本テレビのアナウンサーになっていた放送研究会の先輩・徳光和夫さんに憧れていました。

そこで、テレビ局に狙いを定め、受けまくりましたが、結果は軒並み不合格。『朝ズバッ！』のTBSからも、しっかり落とされてしまいました。TBSは最終面接までいったのですが、あえなく敗退。もっとも、そのとき合格したのは、久米宏だったので諦めもつきますが、当時の敗北感ときたらひとしおでした。

そんなこんなで、締め切りギリギリで文化放送に応募。なんとか、内定を貰い、拾っていただいたのです。

こうして、僕は昭和41年、仮採用研修を受け、昭和42年4月から文化放送に報道記者として採用されました。ちょうどその頃は、学費値上げに反対する学生運動が日本各地で勃発。ベトナム戦争阻止の羽田闘争や、新宿騒乱など、若い力と国家権力が激しいぶつかり合いをした時代の変動期でした。

連日、記者クラブに出入りし、こうした騒乱を取材しては、テレビやニュース用の原稿にしていきました。自分で取材して書いた原稿がニュースで読み上げられるかと思うと、胸が高まったものです。

しかし、報道記者の仕事は、僕にはさほど向いていませんでした。原稿を書くのが、そもそも得意ではなかったのです。

当時の上司が、僕が書いた原稿を満座の前で読み上げながら、ビリッと破り捨てたときは、プライドがズタズタになったものです。

## スター扱いに有頂天

報道記者としては芽が出なかった僕に、チャンスは突然やってきました。『セイ！ヤング』のディスクジョッキーに抜擢されたのです。

なんでも、この番組、ＴＢＳの『パックインミュージック』、ニッポン放送の『オールナイトニッポン』の成功に焦った当時の文化放送の社長が、対抗馬として即席した番組のようでした（「セイ！ヤング」だなんて、最初は「若い性」という意味かと思いました）。

しかし、考えてみればムチャな話です。ついさっきまで記者だった僕をつかまえて、生のラジオで好きなことを喋れというのですから。当時は、放送作家がついているわけではなく、まったくの無法地帯。そこで、僕はイチから音楽の掛け方を覚え、リスナーに話しかけることを覚えていったのです。

困ったのは、トークです。ニュースを読むわけではないので、何を喋ったらいいのか分からない。仕方なく、日ごろ感じるあれこれについて、ひたすら喋りました。

ところが、これが凄い反響でした。たいしたことを喋っているつもりはないのに、リスナーから電話が来る、はがきが来る。新聞の取材が来る。そして、そのうち、スポンサーがつく。

こうなると、僕の喋りはますます〝舌好調〟。そのうち、番組が異様な高ぶりを見せるようになりました。こうして、僕は「喋り」が持つ麻薬的な作用にすっかり魅せられていきました。

ちょうど、文化放送がアナウンサーをタレントとして売り出そうとしていた時期とも重なりました。僕は、うまいことその〝流れ〟に乗ったのです。芸名は、本名の「御法《みのり》川法男《かわのりお》」では呼びにくいと、姓は「御法川」の「みの」。中年生まれにちなんで、名前は「もんた」と、野末陳平さんに名づけてもらいました。

『セイ！ヤング』とともに、「みのもんた」の名前も若者を中心に、急速に知名度を増していきました。聴取率も、うなぎ登りです。レコード会社やプロダクションの接待もほぼ毎日。ハイヤーを乗り回して、銀座で飲み歩く日々が続きました。

このとき弱冠25、26歳。生意気盛りの僕は、いっぱしのスター気取りで、銀座・赤坂あたりを、それこそ肩で風を切って歩いたものです。

番組の成功も、「俺のおかげ」くらいに思っていました。ところが、後にこの傲慢が命取りになるのです。

## 花形アナウンサーからの転落

奢れるもの久しからずとはよく言ったもので、あれほど好調だった僕の『セイ！ヤング』も3年もすると、人気に翳りが出てきました。

30歳近い年齢になって、リスナーである20代との心に距離ができてしまったこと、せんだみつおや谷村新司など、新たなスターが出てきたこと、理由はたくさんあったと思います。

そして、僕は昼間の番組に回されました。ところが焦りのせいか、やることなすこと空回り。そのうち、出番がなくなるわ、給料は下がるわ、査定は下がるわ、デスクの位置は下がるわ、いわゆる今でいう「リストラ」状態に陥りました。しまいには、日勤のニュース読みに回されてしまいました。

しかも、「ニュース読み」というのは、あくまで建前でした。深夜にニュースを読む数分以外は、スポンサーの商品の販売促進がメイン業務なのです。

朝11時に、4トン車にインスタントコーヒーを積みこみ、1日にスーパーを4軒も5軒も回る日々。ハッピを着て、ミカン箱で作ったステージに上り、「さあ、どうぞ、これを買ってください」とみんなに頭を下げてお願いしたときは、正直言って悔しくて、涙が出そうになりました。

## 世間に負けて、会社に負けた

あれほど会社に貢献したのに……。当時の僕は、屈辱感に打ちひしがれていました。

それでも、家族を路頭に迷わすわけにはいかないと、やせ我慢をしてなるべく明るい顔で、スーパーでの販促も、深夜のニュース読みも一生懸命やりました。

深夜泊まりの仕事はついに月曜、火曜、水曜、木曜、金曜と1日ずつ増えていき、しまいには平日すべてが泊まりになりました。そして、とうとう上司は土曜も深夜出勤してくれと言い出しました。

このとき、組織はあまりに無情だと思いました。十何年間頑張って、それなりに成果を上げたと思ったのに、ここまで紙くずのように扱われるのかと。

要するに、僕は会社に負けたんです。組織の競争にも負けたし、自分にも負けた。

でも、今となっては、それもこれも、僕の責任。僕自身が、世の中の変わり目に気づかなかったのが原因です。芸とは本来、どんな流れの中でも生きていけること。僕には、それがなかったのです。

そして、僕は会社を辞めるという決断をしました。我慢も、もう限界です。

こうして、ぼくは辞表を出すことに決めました。そのときは、女房が、「よくよくのことなんだから、いいんじゃない」と言ってくれたことだけが救いでした。

結局、会社は送別会も開いてくれませんでした。先輩の落合恵子さんや、土居まさるさんが独立し成功していたので、僕もそれに倣ったと思われたのでしょう。

いずれにしても、同僚の絆とは、こんなものかと寂しく思いました。期待した僕が悪いのですが、このときばかりは、一人酒がくーっと、進んだものです。

## 役員とは名ばかりの営業マンに

会社を退社した僕は、頑張ればフリーの仕事が貰えるものと思っていました。しかし、世の中そう甘くはありません。アナウンサー時代、あれ程親しくしていた、プロダクション、プロデューサーが、とたんにソッポを向き、僕から離れていってしまいました。

そんな僕に、父は名刺を用意して待ってくれていました。家業の水道メーター屋、日国工業株式会社（現ニッコク）の営業担当常務取締役の名刺です。

しかし、常務なんて名ばかり。実際は、零細企業の新人営業マン兼運転手といったところでしょうか。しかも、父が経営する会社は、伊勢湾台風以来、ずっと傾いたまま。全盛期は、百数十人いた社員は20人あまりになっていたのです。

これぞまさに、栄枯盛衰。祇園で芸者をあげるなど一時は豪華な社員旅行をしていた会社が、こうも落ちぶれたのかと思うと、寂しい思いでいっぱいでした。

「なんとしても家業を再建しなくてはいけない」。新たな目標に、僕は燃えました。本心を言うと、新たな目標で気を紛らわさないことには、やりきれなかったのです。

ところで、皆さん、水道メーターをご存知ですか？　水道メーターは、ガスや電気のメーターと異なり、地下にもぐっているため、ほとんど存在感がありません。

そのほとんど人目に触れないものの営業、それが僕の新たな役割になりました。長らく人目に触れる仕事をしていた僕が、人目に触れないものを売るなんて、皮肉な話です。最初は少々堪《こた》えましたが、そのうち覚悟が決まりました。こうなったら、やるしかない。

こうして、ライトバンで全国を東奔西走する日々が始まったのです。

## 爪の間にたまった汚れ

僕の担当ルートは、国道42号沿いでした。本社と工場がある名古屋から、桑名、四日市、松阪、津、紀勢町、紀伊長島、新宮、那智勝浦、熊野、紀宝町、鵜殿、串本といった街を巡り、水道メーターを営業しては納品するのが役目です。むろん、運転手などつきません。自分でライトバンにメーターを搬入し、取りつけては、次の街に向かうのです。決して、ラクな仕事ではありませんでした。

ましてや、一度は都会のど真ん中でいっぱしの〝業界人〟を気取っていた男です。なまった体に肉体労働は堪えました。いわんや、精神的な疲労においてをやです。

そんなとき、親父に急な仕事を頼まれました。何でも急ぎの納品があるので、同行してくれというのです。

翌日、僕らは朝5時に名古屋の工場を出発し、まずは氷見まで車を飛ばしました。一路、東名で米原へ。さらには、米原から北陸自動車道に入って、富山県へ。ついた頃にはもう夜中。疲労はピークに達していました。親父は、そんな僕を労わる意味で、風流な旅館に案内してくれました。

ところが、「今日は飲んじゃうぞ」とハシャいだのもつかの間、親父は「明日は4時起きで、新宮まで行くからな。回収は明日中に済ますぞ」と言い放つ始末。

結局夕飯もそこそこにふとんに入り、早朝には紀伊半島の突端に近い新宮に車を急がせました。こうして、夕方4時過ぎにやっとこさ、新宮に到着。13ミリのメーターを5

00個も回収し、トラックに積み込みました。

この時点で、もう夜半過ぎ。「今日は、新宮で泊まりかな」なんて、また「一杯」のことを考えていると、父は無情にも「今日は夜通し走って帰るぞ。そうじゃないと明日の検定に間に合わないからな」なんて言うのです。「くー。これから帰るのか」。行きつけの小料理屋で煮物なんかを突《つつ》く公算だった僕は、またしてもガックリきました。

とはいえ、そうなったらもう車を飛ばすしかない。ブツクサ言いながらハンドルを握る手を見ると……。爪の間に、メーターを外すときについた汚れがギッシリ残っている。今思うと、まだこの仕事をしていく覚悟ができていなかったのだと思います。

「クソッ。俺には、一生この爪の汚れがついて回るのか」

情けないような、悲しいような複雑な気持ちが、胸いっぱいに押し寄せたのを、今でもはっきり覚えています。

**飲み屋で見た『ザ・ベストテン』**

営業マンの10年間は、それこそ日本中を回りました。格好つけて言えば、世に言う出張族です。そして、出張の楽しみと言えば……やはり「酒」です。

それこそ日本全国の飲み屋という飲み屋を渡り歩きました。

しかし、疲れた男の一人酒というのは、得てして嫌な酒になりやすいもの。僕も深酒することと、しばしばでした。

そんなあるときのことです。雪の降りそうな寒い夜、港町の一杯飲み屋で飲んでいると、テレビから久米宏と黒柳徹子が司会する『ザ・ベストテン』が流れてきたことがありました。

「ああ、考えてみれば俺もついこの間まで、あの世界にいたのにな……」

そう思うと、酒がグーッと進んで、止まりませんでした。そんな僕を見かねてか、親父は、こんな話をしてくれたことがあります。

「いいか法男、水道メーターってのはな、取りつけると8年間じっと水をはかり続けるんだよ。そして、8年たって工場に戻ってくる。中を掃除して、新しい部品に取り替えて、また送り出す。16年たってまた戻ってくる。もう一度、同じようにメンテナンスして、送り出す。そして、24年目にして、ようやくお役御免なんだよ。

法男。お前のやってきたアナウンサーという仕事は、派手で人目につく仕事だ。ギャラもいいだろう。成功すればスターと呼ばれ、チヤホヤもされる。

水道メーターは24年間、土の中で来る日も来る日も水をはかり続けて、24年たってようやっとお休みがとれる。でも、誰がほめてくれるわけでもない。しかも、一番小さいメーターで数千円。修理代っていったって、儲けが期待できるもんじゃない。

でもな、24年前に送り出したメーターが、水垢にまみれて工場に戻ってきたときは、とても懐かしく、嬉しいものだ。お父さんはな、一個一個のメーターに愛情を感じ、喜びを見出してやってきた。今では、この仕事に自信と誇りを持っているんだよ」と。

この言葉には、グッとくるものがありました。誰の目にも触れず、地味な水道メーターに、ここまで愛情を注ぎ、プライドを持ち、真剣に取り組んでいる親父に頭が下がる思いでした。

どうせやるなら、トコトンやってやろう。親父が作ったニッコクを大きくしてやろう！　このとき、そう胸に誓ったのです。

## 人の情に救われて

仕事に燃えてみたのはいいものの、肝心要の営業成績は思うように伸びませんでした。というのも、僕はハッキリ言って営業がヘタなんです。

営業先の水道局に、「ニッコクです」なんて勢いよく入ってはいくのですが、「ふーん」と冷たい顔をされると、そのままスゴスゴ退散してしまう。

これでは、成績が伸びるわけがありません。

そのうち気のいい水道局員さんが話だけは聞いてくれるようになりましたが、「ウチはね、もうメーカーさんは決まっちゃってるから」なんて言われると、またそれまで。再度スゴスゴ退散するしかない。

しかし、このままでは埒が明かないと、そのうちもう少し踏ん張ることを覚えました。それは、そっけなくされたら、過剰にガッカリすることです。そうすると、純粋な田舎の人は、水道局内の倉庫にある水道メーターをメンテナンスする仕事をお情けでくれることがあるのです。

「少し、持ってくか？」なんて言われたらしめたもの。水道局員さんが目を離した隙に、全部車に積みこんでしまうのが僕の作戦でした。局員さんは「全部積んじゃったの？」なんて目を剝いていましたが後の祭り。「あれ？　全部じゃなかったでしたっけ。あれ？」なんておトボけでごまかしては、小さな受注を積み上げていきました。

　しかし、どんなに小さな仕事でも仕事は仕事。水道局に食い込むチャンスです。また、僕はこういうチャンスにだけは敏感でした。

　車に積めるだけ積んだ荷物は、どんなに遅い時間だろうが、すぐに名古屋工場に持ち帰り、どこよりも早く納品する。信用を勝ち取るために僕は必死でした。

　そんな僕に少しずつ味方が増えていきました。真夜中に高速を走らせることを心配して、ちゃんと帰れたかどうか、到着する頃に心配して電話をくれた人がいたのです。

　このときばかりは、しみじみ泣けてきました。本当に泣けましたが、ちゃっかり者の僕はここでさらなる芝居っ気を発揮することも忘れません。

「あ〜、嬉しいです、心配してもらえるなんて。ほんとに俺、感激しちゃったな〜」

　すると、純粋なこの局員さん。「来月も来いよ」なんて、ありがたいことを言ってくれるのです。

こうして僕は、田舎の純粋な人々の人情に救われて、営業マンとしての日々をなんとか送っていたのです。

## 断ち切れない未練

逗子の自宅と名古屋の本社を日帰りで行ったり来たりしながら、ライトバンのハンドルを握って全国を走る毎日はあっと言う間に過ぎていきました。いつしか会社の業績も、少しずつ回復基調に向かっていました。

しかし、どんなに仕事が面白くなっても、テレビやラジオに対する未練はおいそれとは断ち切れませんでした。辛抱ならず、文化放送時代のツテを辿り、知己の放送作家やプロデューサーに売り込みをかけたこともありましたが、結局お呼びはかからずじまい。文化放送時代はツーカーの仲だったのに、「肩書き」を失うと、人はこうも相手にされないのかと、随分落ち込んだものです。

こうして、いたずらに時は過ぎていきました。ところが、運命の女神は僕を見捨てませんでした。36歳のとき、フジテレビの『プロ野球ニュース』の土日の司会に、起用されたのです。土日担当の司会者が立て続けに降板したらしく、ラジオ時代の実況中継を覚えていたプロデューサーが、声を掛けてくれたのです。

またとないチャンスに僕は飛びつきました。しかし、当時の僕はテレビ経験ゼロ。実況の現場からもしばらく遠ざかっていたため、すぐには結果が出ませんでした。

また、ラジオ出身の僕は、テレビの勘がなかなかつかめず、最初は手探り状態でした。見かねたプロデューサーにそれこそテレビ映りや実況の口調に至るまで、イチから指導してもらい、なんとかモノにしていったのです。

## 遊び心から生まれた珍プレー

『プロ野球ニュース』の視聴率が安定するようになり、心に余裕もできすっかりスタッフと打ち解けた僕は、ちょっとした遊び心を発揮するようになりました。

ある日、大雨で全ての試合が中止になった日のことです（当時はドームがなかったので、そんなことが多々ありました）。

通常、こんな日は大リーグの英語中継を垂れ流して穴埋めしていたため、キャスターは何もすることがありません。番組スポンサーのビールを傾けながら、みんなして、ただ映像を眺めているだけでした。

しかし、これではいかにもつまらない。

そこで僕は、映像に合わせて「一塁に立っているあの子。あの子。だから言ったろう、ああしちゃいけないって。ネッ、監督。監督が言ったからいけないんだ、あの一塁側に座ってる、あの子。あの子はね……」なんて具合に勝手にアテレコを始めたのです。

すると、これがスタッフの間で大ウケしたのです。もちろん放送はされませんが、そのうち、雨の度にスタッフから「アレやってくれ」とリクエストされるようになりました。

この段階では単なる内輪ウケでした。ところが、いつしかスタッフが、雨の日はいっそ「アレ」を放映したらどうだと提案してきたのです。こうして、晴れて『プロ野球珍プレー好プレー』が日の目を見ることとなったのですが、もとはといえば単なる楽屋オチ。遊び心から生まれた『珍プレー』が、特番にまで成長するとは夢にも思いませんでした。

これも、仕事を楽しむということと同じだと思います。

## 売り込みで足元を見られる

『珍プレー』の成功に味をしめた僕は、他の仕事もないものかと、積極的な売り込みを展開していきました。しかし、本来仕事とは選ばれるもので、自分から押し売りしたところで、そうそういい仕事が見つかるものではありません。

どうしても仕事が欲しいと思うと、お金の問題よりも使って欲しいと下手に出てしまいます。

そうすると、売り込めば売り込むほど、足元を見られ、利用される。「あれもついでにやってくれる?」、「これもついでにやってくれる?」と過剰な要求を押しつけられ、何度惨めな思いをしたことか分かりません。

たまに、単発の司会の仕事をもらっても、「名前が売れるだけいいだろ。ギャラじゃないんだよ」なんて買い叩かれるのがオチでした。

それでも、約束どおりの金が支払われるだけマシで、ある大物映画俳優のパーティーの司会を引き受けたときなど、帰りに渡されたギャラが約束の10分の1にも満たないことがありました。あまりに腹が立ったので、「お約束の額と違いますよ」と言ってみたところ、先方は「入れておいたよ」と終始おトボけ。挙句、「目の前で数えた?」などと言われる始末です。

これ以上反論しても、水掛け論になるだけ。「こんな仕事を請けた僕がバカだった」と諦めて、スゴスゴ退散するよりありませんでした。

## 武士は食わねど高楊枝

そんなこんなで、僕はギャラの交渉が一番苦手でした。「武士は食わねど高楊枝」ではありませんが、物乞いみたいに「いくらください」と頼むくらいなら、腹をすかしているほうがマシ。とはいえ、女房子供を路頭に迷わすわけにはいきません。この相克に、僕は葛藤しました。

しかし、「捨てる神あれば拾う神あり」とはよくいったもんで、そんな僕にも情けをかけてくれる人が現れました。ザ・ドリフターズを育てたことで有名な井澤健さんです。

井澤さんは、今ではイザワオフィスを率いる、「芸能界のドン」。20年前も大物でした。あるとき、井澤さんから『芸能人野球大会』のナレーションと司会を頼まれたのですが、そのギャラがびっくりするほど高いのです。

驚いて、「え、こんなにいただいてしまっていいんですか?」と聞くと、「お前、何言ってんだ。ギャラってのはな、最初が肝心なんだ。お前の『珍プレー』の喋りだったらこのくらいで当然だろ」。

僕の喋り、僕の司会を買ってくれているのだと、心底嬉しかったことを覚えています。ところが、当の当日。野球大会は雨で中止。放送そのものが打ち切りになってしまったのです。せっかくのいい仕事だったのに、まったくついてない、そう思いましたが、こればっかりはどうしようもありません。そのうち、そんなことがあったことさえ忘れていると、後日ギャラが満額振り込まれていました。

「井澤さん、ギャラが振り込まれちゃっているんですけど……」

と、僕は井澤さんに聞きました。

すると、井澤さんは、「何言ってるんだ。お前のスケジュールを、その日空けてもらったんだから、振り込むのが当然じゃないか」と言うのです。

井澤さんの温情、そしてこの義理堅さに僕はすっかり惚れてしまいました。今でも、「僕のギャラを決めてくれたのは井澤さん」だと思っています。

## 惨めは男を小さくする

つらつらと、僕の挫折について書きつらねてきましたが、惨めなときは誰にでもあります。そして、「惨め」という感情は、確実に男を小さくします。

でも、そんなときに、「これを俺がやらなかったら、誰かがやらなければならない」、「俺が一生懸命やっていれば、相手は分かってくれるだろう」と思えるか思えないかが大切です。

だから、惨めな気持ちに陥ったら、その気持ちが自然と払拭されるのを、じっと待って、好機を待つ。これしかありません。

自分を惨めな気分にさせた人を激しく恨んだり、反撃に出たりするよりも、「この人はこうするよりなかったんだな」と軽く受け止めて、流すに限ります。

僕自身、仕事がなかったときには、世の中を恨んだこともありました。そして、それを乗り越えるのに、ずいぶん時間がかかりました。

でも、今考えてみると、この10年間の挫折、ブランクがあったからこそ、今の僕があると思っています。これが僕の原点です。

第三章

# 義理が廃ればこの世は闇

## 挨拶のもつ力

「おはよう！　イエーイ」

僕は、毎朝そう言いながら『朝ズバッ！』のスタジオに入ります。時刻は早朝4時半。人によっては、「深夜」といっても差し支えない時間です。当の僕だって、ほんの数時間前まで飲んでいたなんてこともしばしば。正直、眠いといえば、眠い。でも、仕事始めの朝だもの。誰よりも大きな声で挨拶したい。それこそ、広いスタジオに響き渡るくらいに——。

なぜなら、挨拶は伝播するものだから。『朝ズバッ！』の現場もそう。僕の「おはよう！」を聞くと、必ずチーフディレクターが「おはようございます！」と返してくれる。すると、スタジオ中が「おはようございます！」とこだまする。これで、スタジオの雰囲気が一気に活気づく。深夜からの準備でドロドロに疲れたスタッフたちが、再びやる気になるのです。

僕は、この「間」が大好きです。

おはよう、こんにちは、ありがとう、お疲れ様。こうした「挨拶」は、単なる儀礼ではありません。人のやる気を喚起して、チームを一つにする力があるのです。

朝のワイドショーでなかなか視聴率が取れなかったTBSが、『朝ズバッ！』で視聴率1位になったのも、「おはよう！」の影響が少なくないはず。

だから、僕は挨拶ができない若いスタッフを見ると、怒鳴りつけます。「おい、挨拶くらいしろよ」と。

挨拶は組織で仕事をする上での義理。最低限のルールなのです。

## 「名刺置きっぱなし」の無礼

僕は名刺をいただいたら、必ず「ありがとうございます」と言っていただき、その場でお名前を覚えて、すぐにしまってしまいます。しかし、世の中には、いつまでたっても机の上に置いたまま、しまわない人が実に多い。

銀座に飲みにいってもそうです。ホステスの女の子に名刺を渡しても、なかなかしまいません。こんなとき、僕は本当にガッカリしてしまいます。ああ、もうこの子とは飲みたくないなと。

これはうちの親父が言っていたことなのですが、名刺を出しっぱなしにしておくと、飲み物をこぼされたり、タバコの灰を落とされたり、置き忘れられたりすることがあるのです。「そうしたら、相手に失礼だろう」。父はよくそうコボしていました。

また、「出会いは一期一会。名刺一つでそれっきりになることもあるし、そこから端を発して、いい関係になることもある。だから、名刺一つで躓いていてはいけないよ」とも。

これには僕も納得です。以来、40年、僕は名刺1枚を大事にするようにしているのです。

## フリップ一つ、原稿一つに手を抜くな

挨拶以外でも、僕は20代の番組スタッフ相手に本気で怒ることがあります。それは、リハーサルの前までに、事前準備をちゃんとしていないときです。

原稿やニュースのフリップが完成していない。小道具が揃っていない。こんなとき、僕の怒りは頂点に達します。

「何？ 君。徹夜してもまだ、フリップができてないの！」と怒鳴りつけます。そうすると、こういう言い草で返してくる人がいるのです。

「すみません、本番には間に合わせます」

だったら、何のためにリハーサルをするんだと。本番同様に打ち合わせて、備えるのがリハーサルだろうと。僕はそう説教を食らわせます。

小道具にしてもそうです。例えば、本番でサケを紹介するとする。ところが、肝心のサケがリハーサルの段階で到着していないので、どんな色なのか形なのか、カメラさんが把握できません。それでは、本番で美味しそうに撮れるはずがありません。

『おもいッきりテレビ』が始まったばかりの頃は、そんなことの連続でした。「ふざけんじゃないよ！」「ばかやろう！」と、何度スタッフに怒号を浴びせたか分かりません。

われわれにとってのお客様、つまりは視聴者の皆様は、番組を楽しみにしてくださっている。中には、「みのもんた、今日は何を言うかな」と思って見てくださっている方もいる。そして、僕もそう思われたい。

だからこそ、事前準備は完璧にしたいのです。ですから、僕はスタッフに小道具一つフリップ一つでもきちんと締め切りまでに作ってくれと、いつも真剣に頼みます。

## こっちがプロなら客もプロ

こっちがプロなら客もプロ。視聴者はいわばテレビを観るプロです。手なんて抜こうものならすぐにばれてしまいます。

ところがテレビ局というのは、ライバル会社が4社しかない上、ブランド力が高いものだから、年端もいかない若造がエラそうに振舞っていることがよくあります。

若いうちから、接待されて、「俺は偉い」と錯覚してしまう（20代の僕がまさにこれでした）。こうなると、とたんに仕事の手を抜き出すのです。

だから、僕は若い連中に「取材に行っても、飲むんじゃないよ」と日頃から言っています。かつての自分のように、勘違いして、堕落して欲しくないのです。

## 義理を立てる

挨拶にしても事前準備にしてもそうですが、僕が若い人に伝えたいのは、「義理」を大事にしなくてはダメだということです。

「義理」の「義」という字は、「義人」の「義」。義人とは、わが身をかえりみず、他人のために尽くす人のこと。「義士」と同じ意味です。

そして、「理」という字。これは、「理屈」の「理」からきています。理屈とはすなわち、物事の筋道のことです。

つまり、義理とは、人と交際する上で務めなくてはいけない行為やものごとのこと。簡単に言うと、「交際上のルール」ということです。

例えば、僕の好きな「義理を立てる」という表現は、つき合いや恩義を感じて相手の立場を立てること。時には自分を捨てて、相手を敬うことです。

残念なことに、今ではこんな表現も廃れてしまいました。恐らく、実力主義の影響で、若い人がみな、自己主張したほうがトクだと思い込んでいるのでしょう。確かに、自分の意見を言うことは大事なことです。しかし、周囲への敬意をなくしてしまったら、孤立するばかりです。

昔から、「義理が廃れば、この世は闇」とよく言われたものです。僕も、本当にそう思います。義理人情がなくなったら、この世はおしまいです。

## 石の上にも10年

義理人情なんて今の若者には流行らないのでしょうか。最近の若者は、すぐに転職してしまうと聞きます。

しかし、僕は職場をコロコロ変えることにはどうにも抵抗があります。もっとハッキリ言えば、渡り鳥は信用できません。

すぐ転職する人は自分の仕事に自信がないのでしょう。会社から評価されないことも一因かもしれませんが、自信があったら「もう少し、頑張ってみよう」と思うはずです。揺れ動く気持ちは分かりますが、あと一歩の我慢がなぜできないのか。仕事を教えてくれた会社に対する義理はないのでしょうか。

僕は、「ニッコク」という家業の水道メーター屋の社長業を今でも続けているため、従業員採用の面接に立ち会うことがよくあります。そんなときいつも思うのですが、たとえウチみたいな小さな会社でもずっと留まって努力する人は、少しずつ上層部に入っていく。

一方で、4回も5回も転職している人は、なかなか上にいけません。つまり、転職は長い目で見ると明らかにマイナスなのです。

昔から、「石の上にも3年」と言います。少なくとも、向こう3年は頑張ってみたらどうでしょう。

しかし、「3年いたけどダメでした」ってこともあります。だったら、僕は「もう3年我慢してごらん」と言いたい。達磨さんになるまで、座っていればいい。そして、できれば10年は辞めないで欲しい。「十年一昔」といって、10年すれば、我慢したことが、「昔」になってくれるからです。「昔」になって初めて、「自分の歴史」になる。すると、嫌なことも過去として冷静に振り返ることができるのです。

## 不便を常とする

先日僕の番組に、ある有名企業の社長が来てくれました。

丈夫で安い人工の繊維で作った衣服が大いに受けているようです。見せてもらうと、吸水性もよさそうだし、光沢もあって、一見よさそうに見える。

人気が出るのはもっともだと思いました。でも、僕は一瞬にして「この人、本物じゃないな」と思ったんです。

なぜなら、人工素材を売りにしておきながら、薦める本人は立派なウールのスーツにシルクのネクタイを締め、本物のなめし革のジョン・ロブ製の靴なんて履いているんです。

人には「ウチの製品はいいよ」と人工素材を薦めておきながら、ちゃっかり自分だけは天然素材で固めているなんて、信用なりません。思わず、「みんな、騙されているぞ」と言ってやりたくなりました。

その衣類の素材にしてもそうですが、最近は都内の一流といわれるホテルやマンションでも、残念なことに「本物」の素材をほとんど見かけません。

その最たるものが、六本木ヒルズ。できた当初は、みんなが素晴らしい素晴らしいと言っていましたが、僕は一度も素晴らしいとは思えませんでした。

あそこに通っている人は、朝起きて鉄のドアを開けて、コンクリートの上を歩いて、エレベーター、エスカレーターを登って、空調の中で働いて、タクシーで帰るのでしょうか。朝から晩まで、一つも「天然」や「本物」に触れない生活を送っているのかと、息苦しい生活を想像するだに、かわいそうになります。

服にしても、アイロンの手間がかかる木綿より便利な素材はあるでしょう。木にしたって天然木は使ううちに歪みがでます。ベニヤに木目を張ったほうが利便性は高いでしょう。

天然のものは、いずれ狂いが出るものです。しかし、それを匠の技で何年も何十年も狂わないようにするのが技術であり工夫です。

効率を追求すれば、最初から便利なほうがいいに決まっているといわれればそれまでですが、いつも便利な環境に身をおいていると、そのうち不便や不完全な物事に対する耐久性が減ってしまいます。

だから最近は、不便なものや不都合な事態から、逃げ出す若者が多いのでしょうか。工夫も我慢もできなくなってきてしまったのかと、不安になります。やはり人間は不便を常としないといけません。

今の風潮は、効率を追求するあまり、本質を見失っているようにしか見えないのです。

## やせ我慢

僕は忙しくて眠れなくても「忙しい」とか「辛い」とか、不平をあんまり言わないので、よく「やせ我慢のみの」と言われます。でも、僕からしてみたら我慢している気なんてさらさらないんです。好きでやっている仕事だから愚痴を言うのは筋に反するし、もともと不平を言う習慣もありません。もしかしたら、我慢することが習い性になっているのかもしれません。

これは聞いた話なんですが、理性というのは我慢すればするほど鍛えられるらしい。理性が鍛えられれば鍛えられるほど、自分をコントロールすることができるようになるので、ストレスに強い性格になるそうです。

逆を言えば、日頃から我慢や苦労が足りない人は、自分の理性を発達させることができないため、自分を抑えることができないのだとか。

そういえば、最近、理性がないとしか思えない人がやたらに目につきます。女子高生の下着を手鏡で覗いた挙句、痴漢に走った教授然り、自分の生徒を膝の上に乗せて触っていた小学校教師然り。本人の性癖は生まれつきですから仕方がありませんが、それを抑える力はないのでしょうか？　理性が正常に成長しているとは思えません。

親の教育が悪かったのでしょうか。それとも、本人が我慢を知らなかったのでしょうか。思えば、僕が小さい頃は親や先生は、「可愛い子には旅をさせよ」と、苦労をさせることを厭いませんでした。でも、今の親を見ていると、子供の言うことを聞いてばかりで、我慢をさせることを避けているようにしか思えません。

こうして、また理性のない人が増えていってしまうのか、心配でなりません。

## 粋に生きる

僕が言いたいのは、純粋な喜びを体感して欲しいということです。

純粋な喜びとは、損得勘定を抜きにした心意気です。ところが今の若い人を見ていると、「これをやれば出世できる」とか「いくら儲かる」とか「女にモテる」とか、努力するにしても損得勘定が前面に出すぎる気がします。

粋に感じて仕事をしたり、粋に感じて勉強したり、粋に感じて遊んでいるのでしょうか。僕にはどうも、安っぽい生き方をしているように思えてなりません。

それが、僕にはどうにも野暮に思えて我慢がならない。

番組スタッフであれば、もっと撮る喜びとか、面白い人に会える喜びなんかを感じて欲しい。見返りを期待しないことこそが、「粋」というものです。

純粋に粋を感じる喜び、楽しみが分かってくると、仕事は必ず成功します。結果は後から必ずついてきます。

第四章

# 一期一会

## 皆さんのおかげです

「まえがき」でも述べましたが、せんだって僕は、「1週間で最も長時間、テレビの生番組に出演する司会者」として、ギネスワールドレコーズを達成することができました。

ロンドンの本社から、社長自ら遥々表彰しにやってきてくれたのです。何でも、「世界一生放送で喋る男」はギネスの新たなカテゴリーらしく、ご丁寧なことに、僕が出演している生放送を過去1年分全部録画し、コマーシャルを抜いて、出演した時間を正確に測ったそうです。

嬉しいことに、表彰のとき、この社長は、「本記録を今世紀破る人はいないでしょう」と言ってくれました。「続けてきてよかったな」。このときばかりは、感無量でした。

それもこれも、本当に皆さんのおかげです。僕を支えてくれたスタッフ、そして視聴者の皆様方に恵まれたからこそ、ギネスに載ることまでできた。本当に僕は果報者です。

僕は番組の一つのパートを支えてきただけです。そこで、受け持ったパートというのが、「司会者」という一番表面に出るところだった。

たとえていうなら、シンクロナイズドスイミング。団体戦で、まるでロケットの発射のように水中から飛び上がる人がいますが、僕はいわばあの娘です。

しかし、あの娘が飛び上がる裏では、下に3、4人が立ち泳ぎをしながら支えている。僕も、まったくおんなじです。僕が「司会」の役割をまっとうするには、裏から表から下から上から支えてくれるチームの存在が不可欠なのです。

僕が社長を務める「ニッコク」にしてもそうです。僕が社長だからといって、「エライ」わけではありません。たまたま僕が、「経営」というパートを担当しているだけ。営業の人は営業のパート、経理の人は経理のパートを担当するのと同じことです。

だから、一番目立つ人がエライわけではないのです。しかし、若い時分はこうしたことに気がつきませんでした。『セイ！ヤング』がブレイクしたときなんて、「全部僕のおかげ」なんて思っていたくらいです。

## タクシー運転手さんの義理

「ああ、義理人情っていいな、またしても人に助けられちゃったな」というエピソードは、枚挙にいとまがありません。元来、運がいい男なので、自分が義理を掛けるより、人に義理を掛けられることのほうが多いのです。

時は、僕が『おもいッきりテレビ』に抜擢された40歳そこそこの頃。今からもう20年も前の話です。

そのとき僕は、麴町の日本テレビまで、毎朝電車で通っていました。もちろん、一人きりです。初めてのテレビ・レギュラーの分際で、お迎えの車がつくはずもないし、芸能プロダクションに所属していない僕にはマネージャーもいませんでした。

そのため、自分の衣装は自分で抱えて出勤していました。また、そのことに少しの疑問も感じていませんでした。とはいえ、さすがに重いので、毎朝新橋から日テレまではタクシーで通っていました。

ところが、新橋駅はなかなかタクシーが来ないことで有名です。その日も、さんざん待たされました。ようやっと来て、安心して乗り込むと、この運転手さんがいい人で、

「お客様、みのもんたさん、ですよね」と声を掛けてくれたのです。

そして、驚いた表情でこう言うのです。

「芸能人って、自分で服を持って、自分でタクシーを停めるものなんですか」と。

なんでも、テレビに出る人は、「いつも、20〜30人従えている」とでも思っていたらしい。それでは、まるで「バカ殿」です。

今の芸能人も、運転手さんのような一般の人から見たら、ある種「バカ殿」に見えるのでしょう。実際、取り巻きを何人も従えて悦に入っているようでは、いい芸ができるわけがありません。

僕はそのタクシーの運転手さんに、「いや、僕はいつも1人ですよ」と言いました。そうすると、運転手さんの表情が変わりました。

「いや、みのさん、立派だな。応援しますよ。僕は、いつもだいたいこの時間は同じ場所にいますから、もし、みのさんを見かけたら、あの角でクラクションを鳴らします。いつでも、呼んでください」と心強いことを言ってくれるのです。しかし、僕はあくまで社交辞令だろうと、聞き流していました。

そして、何日か経過し、雨と風が吹き荒れる日がやってきました。僕は相変わらず、混雑の新橋を大荷物と傘を抱えて佇んでいました。すると、後方から「パッパー」と、クラクションの音がするのです。

振り返ると、あの運転手さんじゃないですか。慌てて走っていくと、「乗ってください」。なんとこの運転手さん、しっかり「約束」を守ってくれたのです。僕は恐縮してしまい、「いいのかい？」と尋ねると、「何、言ってるんですか、僕、クラクションを鳴らすって言ったじゃないですか」と一言。

嬉しかった。日本はまだ、義理人情が廃れていないと思いました。この運転手さんには、今でも感謝しています。

## 横須賀線車掌さんの人情

ＪＲ横須賀線の車掌さんにも、随分お世話になりました。その方と出会ったのも、『おもいッきりテレビ』の司会になったばかりの頃です。

当時は、お金もなかったので、逗子の自宅から毎朝満員電車で通勤していました。しかも、大きな衣装を抱えながらなので、まさにモミクチャ。でも、あるとき、衣装がグチャグチャになるのは嫌だなと、グリーン車に乗り換えることにしたのです。

ところが、僕が持っているのは普通定期券。これでは、本来追加料金を払っても、グリーン車に移ることはできないらしい。僕は、そのことを知りませんでした。

ところが、車掌さんが、「みのさん、今回は乗っていいですよ。Aの4が空いてますから」と気を利かせてくれるのです。まだ追加料金も払っていないのに。さすがに悪いなと、遠慮していると、「いいですから、座ってください」と僕の背中を押し、特例で車中で切符を切り替えてくれたのです。

こうして、この車掌さんと顔なじみになりました。そして、それから何度も何度も助けてもらったのです。

こんなこともありました。当時の僕は、毎晩夜遅くまで飲んでいたので、当然朝はフラフラでした。その上、長いこと電車に揺られていると、突然気持ち悪くなったりもします。

けれども、トイレはいつも大混雑。席を立とうとする度に、先客に入られてしまうのです。そんなこんなで困っていると、例の車掌さんが、「みのさん、トイレ空きましたよ」と、一声掛けてくれるようになりました。

しかも、貴重品をたくさん抱えている僕を察して、「大丈夫ですよ。服と鞄は、車掌室に入れておいてあげますから」ですって。

それだけではありません。あにはからんや、この車掌さん。トイレに入ろうとすると、何かを差し出して、「はい、ティッシュ」。

とても粋な車掌さんでした。

## 意気を感じる

実は『朝ズバッ!』の司会を引き受けたのも、出演を依頼してくれたTBSの井上弘社長に「意気」を感じてしまったからです。

今だから言えますが、依頼された時分は、女房のたっての希望で、1年ほどスッパリ仕事を休んで、船旅でもする予定だったのです。

ところが、そんなときTBSの社長と飲む機会がありました。ちょうどこのときは、TBSが楽天と喧嘩していたとき。そんな大事な時期に、井上弘社長自ら、わざわざ足を運んでくれたのです。

「TBSはここ20年朝のワイドショーでは惨敗です。でも、スタッフみんなが最後の勝負だと言ってみのさんを推すんです。僕は、朝がダメな理由を社員のせいにしたくない。僕が全責任を持ちたい。だから、僕自身がみのさんにお願いしにきました」。切羽詰った表情でこう言われました。

とはいえ、こっちはこっちで女房との約束がある。どうしたものかと、困っていると、社長はこう切り出すのです。

「みのさん、あなたしかいない。ついては、この場で、決断してくれないか」

大ＴＢＳの社長に、しかも渦中の最中に、ここまで言わせた挙句、辞退するようでは男が廃ります。気がついたら、「分かりました」と言っていました。

社長の口説きに男気を感じてしまったのです。

## 親友は、中学からの友達だけ

意外かもしれませんが、僕はわりとビジネスライクなほうなので、芸能界の友人はあまりいません。もっぱら、友達といえば、中学・高校時代の友達です。

学費を稼ぐため、僕がバイトに明け暮れて、辛かったとき、「俺も一緒にバイトしてやるよ」といってくれた5人の同級生とはいまだにつき合っています。

弱音を吐くのが嫌いだった僕は、バイトをしていることを隠していたのですが、やっぱりバレていたんですね。

当時バイトしていた大井町の阪急デパートの地下の食品売り場に、みんなしてよく買いに来てくれました。最初は、「バレちゃったか」と、照れましたが、やっぱり寄ってくれるのは嬉しいもの。「もっと、買えよ」なんてひと時が楽しかったのをよく覚えています。

今では、お互い忙しくて会うチャンスはさほどありませんが、会ったら会ったですぐに昔の仲間に戻れる。利害関係のない友達はいいものです。

## 兄貴・渡哲也の約束

芸能界に友人はいないと書きましたが、1人だけ僕が「惚れて」おつき合いさせてもらっている人がいます。

僕の兄貴ともいえる存在、渡哲也さんです。出会いは、とある銀座のクラブでした。

当時、僕はまだ駆け出し。片や、渡さんはスター中のスター、雲の上の存在です。その渡さんが、わざわざ僕の席まで出向いて挨拶してくれたのですから、身に余る光栄です。なんだか横に大きい人が立っているなと思ったら、渡さんでした。この驚きは、一生忘れられません。

情けないことに僕はヘナヘナになってしまい、このときは「はあ、どうも」くらいしか言えませんでした。

すると、「こちらこそ。ここ、座っていいですか」と言って僕の隣に座りだしたのです。

「いつもいらっしゃいますよね。時々お見かけしていたんですよ」

「はぁ、そうですか」

そんな会話から親交が始まりました。

あるとき、こんなことがありました。僕も、僕の親父も渡さんのヒット曲『くちなしの花』が大好きで、よく歌っていると言ったら、「それは、嬉しいな。一回お父さんの前で生で歌おうかな」なんて言ってくれるんです。

そして、「お父さんと、近々会うの？」と聞いてくる。

「8月10日に『おもいッきりテレビ』が終わってすぐ名古屋に行きます」(それは当時、名古屋工場が主工場で、父は名古屋にマンションを借りて住んでいたからです)。

そんな風に答えましたが、酒席でのこと。ましてや、向こうは大スター。2週間もすると、僕自身すっかり忘れていました。

そして、僕が名古屋に向かう8月10日。新幹線の東京駅ホームに行くと、なんと渡さんが待っているじゃないですか。

それこそ僕は腰が抜けるほど驚きました。慌てて、「何で、ここにいるんですか？」と尋ねると、「だって、親父さんと一緒に歌うって約束したろう」。

もうカッコいいの一言に尽きます。そして、名古屋に2人で向かいました。ホームで待っていた親父の目の前で、『くちなしの花』を歌ってくれたのです。

親父はというと、緊張と嬉しさのあまり、直立不動になっていましたが、一生の思い出になったと思います。

たとえ酒の席でも、一度した約束は絶対守る。渡さんはそういう人です。

はたまた、こんなこともありました。女房と僕とで、渡さんのご自宅に呼ばれたときのことです。

帰りがけに、「ちょっと待ってくれ」と、ものすごく重い袋を渡されました。フッと覗き込むと、中でタオルがグルグル巻きになっている。「何だろう？」と思って、車に乗ってから見てみると、僕が大好きだと言ったワインがギッシリ。

それも、一本一本割れないように、バスタオルにくるんで入っているのです。恐らく、渡さん自ら、巻いてくれたのでしょう。

僕の好物を覚えていてくれる真心。それを、割れないように梱包する配慮。渡さんとは、そういう人なのです。

## 一期一会の意味

僕の座右の銘は「一期一会」。一般的に「一期一会」といえば、「人との出会いを大事にしましょう」という意味で使われていますが、正確にはちょっと違います。

「一期」というのは、生まれてから死ぬまで、つまりは一生のことです。「一会」とは、一生の中の一つの出会いのこと。ですから、「一期一会」とは、一生で一つの貴重な出会いのことを言います。

「一期一会」という言葉を作った利休の弟子・宗二の心得によると、「あなたにとって本当に大切な一生の一会を見極めなさい」という意味で使われています。中には、「一期一会」を見つけられぬまま、死んでしまう人もいる。

だから、生涯に一度まみえた貴重な縁に早く気がつきましょうと宗二はうながしているのです。

心に染み入る話です。しかし、なぜお茶の世界で「一期一会」という言葉が生まれたのでしょうか？　それは、もともと茶道はお侍文化が発祥だからです。

本来、茶道とは、武将たちが明日生きるか死ぬかの中で、「これが今生の別れ」と思いながら点《た》てるものだったといいます。

僕は女房と足掛け3年、茶道を習っていますが、最近になって深い意味で「一期一会」が分かってきたような気がします。

人の人生は儚いもの。いつ死ぬかも分かりません。

ということは、今出会った人が、人生の最後に出会う人かもしれない。だったら、誠意を尽くして精一杯もてなしなさい。そんな意味だと思うのです。

# 第五章 人生に必要なことは全て酒から学んだ

## 銀座デビュー

僕は40年間、ほぼ毎日欠かすことなく銀座に通っています。デビューしたのは忘れもしない、昭和42年。当時の文化放送の専務に連れていってもらったのがキッカケでした。浮世離れした豪華絢爛な世界に、僕は一度で酔いしれました。だって、天女のような美女がギッシリ箱詰状態なのですから、これぞ、地上の楽園です。

また、罪作りなことに、もの凄い美人が帰り際、「是非またお越しくださいね」なんて言ってくれるのですから、これには、僕もついついノセられてしまいました。

そして、次の日、本当に行きました。6時半に。あまりの早さに、店にはボーイさんしかいませんでしたが、半ば呆れ顔で、くだんの美女を電話で呼び出してくれたのです。

ところが、この美女、出勤前に美容院に行くと言う。さしあたっては、行きつけの店があるからその間そこで待っていてくれと頼まれました。

道理を知らない僕は、浮かれ気分で豪華な夕食をすっかり平らげ、美容院から出てきた彼女と再度合流。今度は本格的な「同伴」となり、彼女行きつけのまた別の店に飲みに行きました。相手も酒豪ですから、それはもう大量に飲みました。当たり前ですが、お勘定はもの凄い金額です。

ところが当時新人アナウンサーの僕は、7500円しか持っていませんでした。場慣れしていない僕は、銀座の相場も知らなかったのです。

これを言うと、信じてもらえないかもしれませんが、当時の銀座のクラブの値段と現在の値段は、ほとんど変わりがありませんでした。しかし、貨幣価値はゆうに10倍にはなっています。なにせ、昭和42年大卒入社の初任給が2万円だった時代ですから。それだけ昔の銀座はもの凄い料金だったのです。到底、若造に払える額ではありません。

## 天女のお近づきに

その銀座に通ってしまうのですから、僕もバカというか見栄っ張りというか、女房には、さんざん苦労を掛けたと思います。

しかし、後になって気づくのですが、これがとんだ「生き金」になるのです。

銀座遊びの楽しさにすっかり味を占めた僕は、仕事のない日はいつしか6時15分には店に駆けつけるようになっていました。

この時間に行くと、前述のようにボーイさんしかいません。机や椅子はまだ上げられており、いざ掃除せんという時間帯でした。そこで、僕は掃除を買って出ることにしたのです。

一見殊勝なようですが、実はこの作戦には、悪巧みがありました。というのも、僕が座る予定の椅子に、女の子の席をなるべく多く近づけてしまうのです。こうして、女の子を隣の客に取られないよう一計を案じました。

作戦は見事成功。こんなバカなことまでして、天女の横に近づきたかったのですからまったく幼稚な話です。

こう書くと、僕が「女目当て」で銀座に通っていると思われそうです。確かに、美女と酒を飲むのは楽しい。しかし、美女とコトができるなんて思ったら大間違い。それこそ、野暮天というものです。

ところが、嘆かわしいことに、今の銀座の客は9割がた、そんな連中ばかりです。銀座に飲みに行く。女がいる。アフターに誘う。ホテルに連れ込んで、セックスでもする。本当にそんなことができると、思っているらしい。

古くから銀座で飲んでいる人は、そんなことは絶対に思いません。銀座は、お酒を飲むところであって、女性を引っ掛けるところではありません。

それでも、銀座に40年間通って、気になる子の1人もいやしなかったとなると、嘘になります。

もう何十年も前の話なので、正直にお話ししましょう。

僕が、「いいな」と思ったのは、ある有名店に勤めるすこぶるつきのいい女でした。見た目はもとより、立ち居振る舞いが実に美しい。一目見た瞬間に、心を奪われました。そこで、思い切ってママに「お店が終わったら、送ってもいいかな」と申し出たのです。

こうして約束を取りつけ、いざ「アフター」へ。あのときは、確か飯倉のイタリアンレストラン「キャンティ」に行って食事をし、その後車で彼女のマンションまで送ったのだと記憶しています。

とりわけ印象に残っているのが、道すがら彼女が、「みのさん、あのビルの一番上の明かりがついている部屋を見て。あれが、ママの部屋よ。そして、道路の前に停めてあるスポーツカー。あれが、ママの車。銀座のサクセスストーリーでしょ。私も、頑張るんだ」と言ったこと。

「ああ、この子も頑張っているな、いい話だな」と今でも、妙に忘れがたい思い出になっています。

で、どうなったか？　そんないじらしいことを言う彼女を口説けず、結局、そのまま送り届けて一目散に退散でした。

今でもママに言われます。「みのさん、どうしてそのまま帰ったの？」って。僕は、こう答えます。「それが、男のエチケットでしょ」と。

少々、格好つけましたが、いいおっさんが、「トイレ貸してくれる？」なんて言ってズカズカあがりこむのは、あまりにみっともないですから。

## 惚れたら最後まで面倒を見るのが筋

もう1つ、僕がその女性を口説かなかったのは、当時銀座の女性とつき合うなら、「きっちりつき合う」という暗黙のルールがあったからです。ルールというよりは美意識といったほうがいいかもしれません。

つまりは、女性を丸抱えすることです。惚れた女は、最後まで面倒を見るというのが、男の義理でした。

従って、当時の銀座のママには、すべからくスポンサーがいました。来る客も、従業員も、口にこそ出しませんが、「この店は誰々がスポンサー」と全員知っている。

ですが、それが少しも奇異なことではなかった。もちろん僕も、変だなんて思ったこともありません。僕自身、つき合うなら金銭的な面倒までみるのが、男の甲斐性だと思っています。

## 店を裏切らないのが客の流儀

では、ここらでクラブという不思議な空間のシステムについてご説明しましょう。クラブは、まず、常連になると、「係」という女の子がつきます。この「係」は最初に自分が指名した女性。それ以降は、「係」となった女性が、永遠に担当者になります。これが、クラブのしきたりです。

ゆえに、たとえ「係」の女性との人間関係が悪化したり、他の女の子に目移りしたとしても、「係」を変えて下さいと申し出ることはできません。黙って店を去るのみです。

だから、「係」の女性が店を変えると、基本的に客も新しい店についていくのがルール。ちなみに、クラブの女性は、自分が「係」の客の勘定は、すべて責任を取るのが掟です。従って、売掛金が回収できない場合は、女性が債権を追うことになります。

しかし、クラブはこのシステムで長いことやってきたのですから、客はその流儀に従うだけです。逆を言えば、流儀を守れない客は、出入り禁止です。

惚れた腫れたの騒動を起こし、二度と店の敷居をまたげなくなった常連を僕は何人も知っています。

その点僕は、少々自慢させてもらうと、行けなくなった店は1軒もありません。今の行きつけは銀座だけでおよそ5軒ですが、どこも40年来のつき合い。

なぜなら、僕は「女性」目的ではなくその「お店」目的で行くから。ですから、「係」はママになってもらうのです。実際に飲むときは、ママだけではなくヘルプの女の子がつきますが、いくら飲んでも僕の売上がママに計上されるシステムは変わりません。だから、誰と飲もうが、僕は永遠にママの客。それを女の子たちも知っているから、誰も同伴やアフターのおねだりなんてしてきません。人の客を横取りするなんて不義理は、銀座では許されないのです。

## 銀座のルール

信義を重んじ、義務を果たす。それが銀座のルールです。例えば、今でこそ飲酒運転の撲滅は当たり前になっていますが、銀座に限っては40年前から、飲酒運転する客なんて1人もいませんでした。というか、店側が絶対にさせませんでした。

もう何十年の前のことですが、仕事が終わった夜11時半に、電通通りの地下駐車場に車を停め、閉店間際の銀座に滑り込んだことがありました。僕としては、1時間くらいサッと飲んで、車で逗子の自宅に帰るつもりでいました。

ところが、計画通り帰ろうとすると、ママが「あなた、アルコールが入って車なんか運転したらえらいことになるわよ。絶対に、タクシーで帰りなさい。お店でチケット出しますから」と、えらい剣幕で言うのです。

しかし、夜通し車を駐車するともなると料金が心配です。グズっていると、「だったたら、なぜ車で来るんですか。そういう方はうちのお店に似合いません」とピシャリ。もはや、反論の余地はありません。

そんな僕を見かねたママは、「もし、駐車料金が心配ならうちのポーターに運転させます」とも言ってくれました。確かこのときは、恥ずかしながらチケットを頂いて、タクシーで帰ったはずです。

しかし、小粋な世界ではありませんか。楽しく飲ませてくれるのみならず、客の帰りの心配までしてくれるのですから。

## 黒服の信義

小粋といえば、銀座のバーには、蝶や花を支える義理堅い名脇役たちがいます。黒服に身を包む、バーテンダーやポーターたちです。彼らの中には、礼節ここに極まりといった、見事なプロがいます。

例えば、ある名店のポーター。ちなみに、ポーターとは、お客の荷物を預かり、クロークを仕切る人たちのことです。それ以外にも彼らは、いつも僕に「感動」を与えるもてなしをしてくれる。

僕が、日比谷方面から銀座に入るとしましょう。彼らは常に、3、4人の子分を使って、お客様がどちらからお見えになるか、把握しているのです。

そして、携帯電話を使って、「はい、横浜ナンバー7100、みのもんたさん、帝国ホテルを通過され、三井物産前までお越しになりました」なんて調子でホステスに伝える。

従って、僕が店につく頃には、一同が歓待してくれるというわけ。これぞ、まさに義理の世界。完璧な、プロフェッショナリズムだと思います。

## 銀座に学んだ酒の飲み方

一方、バーテンダーには、酒の飲み方を教わりました。何しろそれまでは、酒はただたくさん飲んで騒いで、酔っ払うものだと思っていました。

でも、銀座に来て、酒は味わって飲むものだと知りました。酒はもちろん、酒に合ったグラス、小粋な会話、店のインテリア、明かり、そしてお店の女性たちや、黒服たちのサービス。全体の雰囲気が相俟《あいま》って、酒はますます味わい深くなります。

もっとも、今でも電車で飲む缶ビールも大好きですが、銀座で飲むときは徹底的にこだわりたい。いい店は、それこそ水割りの作り方、ストレートの作り方、ロックの作り方、それぞれに、こだわりがあります。

グラスはもちろん、ワインだったらワインの種類によって、まるっきり違う。無論、ブランデーも同様です。こうした心意気が小憎らしいではないですか。

また、僕はこだわりのウイスキーの飲み方があるのです。グラスにクラッシュアイスをいっぱい入れて、ウイスキーを注ぐ。銘柄はバランタインの30年かニッカの鶴。

そして、お酒を注いだ後、2～3分してグラスに霜がついた頃、一気にグワッと飲み干す。これが僕流。

それに、僕はニューボトルを開けるとき、古いボトルのエンブレムは必ず取っておく。そして、新たしいボトルのネックにエンブレムを掛け直すのです。だから、僕のボトルは、エンブレムが何重にもなっている。

人からは、「何それ?」とよく聞かれますが、これが本場英国流の飲み方。名酒を造った人への敬意とでもいいましょうか。感謝の気持ちの表明なのです。

## 3年でいなくなる人たち

先に言った通り、銀座の客は、2種類います。ずっと飲みに来る人と、儲かったときにしか来ない人。前者は、本当のお金持ち。後者は、その時々のお金持ちです。

後者のタイプは、もってせいぜい3～4年。そのうち銀座に来る金がなくなって、あるときからプッツリ姿を見せなくなります。そういえば、こんな人もいたな、あんな人もいたなといった具合です。

40年銀座に通っている身として言わせていただくと、この手の人は、さんざん豪遊しているうちから、「そのうち消えるな」ということが分かる。申し訳ないけれど、ハッキリ分かります。

なぜかと聞かれると、「銀座の人」ではないから。新興金持ちの人には、「銀座の人」が持つ品とか、格とか、素養とか、教養とか、人間性というのがないのです。

逆を言えば、ずっと飲みに来る人には、それなりの品格がある。

ですから、銀座はある意味、本物かぽっと出の偽者か、ハッキリ識別される怖い世界でもあるわけです。

## 一流店ほど客を地位で選ばない

銀座の一流どころが凄いと思うのは、僕が文化放送のペーペーのアナウンサーだったときも、文化放送を辞めて全国をライトバンで回り水道メーターを売り歩いていた10年間も、「みのもんた」で復帰してテレビで少しずつ売れてきたときも、お店の人の態度が変わらないところです。

お金があっても、なくても、売れていても、売れていなくても、サービスはまったく同じ。それは、きっと、一流店になればなるほど、客の本質を見ているからだと思います。社会的地位がどうだとか、いくら金を持っているということよりも、「この客は義理堅いかどうか」で判断してくれるのです。

ですから、好調なときチヤホヤすることもないし、不調なときに冷たくされることもない。それが僕には、いっとう嬉しい。

そういえば、家業の水道メーター屋をやりながら、芸能界復帰を目指していた頃、こんなことがありました。

当時はプロデューサー連中を回って、「使ってくれ」とさんざ営業をかけていましたが、なかなか相手にされず、不遇の時代でした。そんなとき、行きつけの銀座のママが、「今日は私の奢り！ シャンパンでも飲もう！」と言ってくれたのです。

そのときは、僕を元気づけるためにやってくれたとは、思いもしませんでした。だから、「そうか、そうか」なんて、すーっとシャンパンを飲み干してご機嫌でしたが、後から考えると、あのとき僕は、よっぽど惨めな顔をしていたのだと思います。

慰められちゃったなんて男としてみっともない話ですが、やっぱり、こんな真心は嬉しい。だから、僕は、いつだって銀座に行くのです。

## 祇園と僕の「あ、うん」の呼吸

僕は銀座だけではなく、お座敷遊びも随分経験させてもらいました。東京だったら、新橋、赤坂、向島、浅草、神楽坂。どこもかしこも、味わいがあります。

しかし、京都祇園はこれまた別格です。

僕が祇園に初めて行ったのは、生意気ですが20歳そこそこのとき。会社の景気が絶好調の頃、親父がお座敷に上げてくれたのです。

妖艶な舞妓さん、芸者さんが繰り広げる伝統美に、僕はすっかり心酔してしまいました。もちろん、値段は腰を抜かすほど高いですが、なんとしてでも通いたい。そう思いました。

そして、社会人になり、小金を貯めてからちょくちょく顔を出すようになったのです。

## 客に金の心配をさせない

ところで、祇園には、「お会計」という制度がありません。遊んでいる間は、客の財布を絶対開けさせないのです。恐らく、お金の心配をさせたくないという配慮なのでしょう。全てのお会計はツケです。

それは、お座敷の料金に留まりません。お座敷で料理の仕出しを頼んでも、元舞妓さんがやっているバーで飲みなおしても、どこに行ってもお金を取らないのが京都流。というのも、全てお茶屋が牛耳っているからです。

客を握るのは、お茶屋。料理屋にもバーにも余計な口は出させません。例えば、料理屋がちょっと高めの価格を請求してきた日には、「あなた、こんな料金を取るんですか」とやってくれる。

「うちのお客さんにそんなことはさせませんよ」と、そらもう凄い迫力です。ですから、全ての請求もザルなんてことは一切ありません。

こちらがお客様を接待するときなども完璧です。「何日の何時に何名で」とさえ伝えれば、車から料理から、全て仕切って、当日は舞妓さんが京都駅にお出迎えと、段取りは抜かりなしです。

## 義理を守って、義理を返す

では、なぜ現金が必要ないのか？　それは、やはり義理で結ばれた信頼関係があるからだと思います。

客である僕も、このお店、このお母さんだったらルールを守るから「いつ行っても安心」と思うからこそ通う。そして、お店のお母さんも、「みのさんだったら、何があっても大丈夫」と思ってくれるからこそ、お互い気持ちよく遊ぶことができる。僕はそう思います。

ルールを守るということで結ばれている両者なのです。だから、絆は固い。僕は、以前、祇園のお母さんにこう言われたことがあります。

「あなたは、いいです。たまっても来るから」と。

これには、2つの意味があるのです。1つめの意味は、「あなたは、これからもたくさん働いて、収入を稼ぐ。お金が貯まる。すると、またやってくる」という意味。もう1つは、「ちょくちょく飲みに来るから、ツケが溜まる。それでもあなたは来る」という意味。

そして、お母さんはこう続けました。

「その姿勢は間違っていません。あなただったら、いつまででも待ちますよ」と。いかにも京都人らしい、いなせな言い回しです。

祇園は、きっちり義理を守ってくれる。そして、こっちも義理を返す。守り返さないと、相手にしてもらえない。それが祇園のよさなのです。

## 祇園の気配り

祇園はひとえに気配りの文化です。2年前、親父が亡くなったときの祇園のお母さんの気配りときたら、ありませんでした。通夜の前に、「お通夜の席で、参列者の方に召し上がってもらって」と、大量の煮物を持って、駆けつけてくれたのです。

祇園ではありませんが、赤坂の料亭「口悦」のお母さんも、お通夜の席のお客様のもてなしのお清めの料理をたくさん持ってきてくれました。

これにはジーンときました。あまりに申し訳ないので、「お金を払う」と言うと、「何をバカなことといっているの。あなたは黙って座ってなさい」とピシャリ。

そして、翌日の葬式の前には、「虎屋」の羊羹《ようかん》が山のように届きました。最初は、「なんだ？　これ。いたずらじゃないか」と思いましたが、確かに「御法川宛」と書いてある。開けてみると、これもまた、お茶屋のお母さんの計らいだったのです。

普通のお店が、お客さんにここまでしてくれるでしょうか。

## 祇園のしきたり

一方で、祇園の「一見さんお断り」は、有名です。実際、一代で成功したある大会社の社長が、ボストンバッグに札束を詰めていっても、軒先で追い払われたほどです。

その方は、「紹介なんだから、いいだろう?」とゴネたらしいのですが、女将さんは、「その方がご一緒ならば、いつでもどうぞ」と跳ね返したとか。何でも、玄関にも上がらせなかったそうです。

とはいえ、祇園といえど商売ですから、一見ではない限り、二見、三見の客でも、お金さえ払えば、「どうぞ、どうぞ」ともてなします。

しかし、そこで気をよくしてお行儀が悪くなると、「お茶漬けでも出しましょうか」と体よく追い払われる。

閉鎖的といえば閉鎖的ですが、それもこれも、贔屓のお客様のホスピタリティを守るため。僕は、「これぞ京都」だと思っています。

ついでながら、たまに祇園のお姐さんと芸能人が噂になることもありますが、ほとんどが嘘。祇園のお姐さん一流の〝サービス〟であって、本気で相手にされていることは少ない。あれは、祇園一流のシャレなのです。

## 人情キャバレー

僕が飲むのは、何も銀座のクラブや祇園だけではありません。赤羽のキャバレーも大好きで、これまたつき合いが長いのです。なにせ、文化放送入社早々からの常連ですからね。

通い始めたのは、寄席の番組を担当したのがご縁。昔の噺家《はなしか》さんはキャバレーでバイトしていたので、自然と足が向いたのです。元来ノリがいい僕は、司会を買って出て、会社に大目玉を食らったこともありました。

ところで、当時の噺家さんはナメクジ長屋に住みながら、キャバレーで客の気を引いてご祝儀をもらうほど、生活は質素でした。それに、どんなに努力しても、芸の道は厳しく、そうそう真打にはなれませんでした。

しかし、今はどうでしょう。石を投げれば真打に当たるってなもんです。噺家の暮らしぶりも、派手です。しかし、庶民の生活をネタにする芸人が、金時計してベンツに乗って、誰が拍手するというのでしょうか。

閑話休題。話はキャバレーに戻して、なぜ僕はキャバレーに惹きつけられたのか？

それは、やっぱり独特の人情味です。

コマーシャルもやっていた有名なキャバレー「ハリウッド」は、僕の行きつけでもあります。

このお店は成り立ちからして、人情そのもの。社長の、福富太郎さんという方が「託児所制度」という素晴らしいシステムを作って、ママさんホステスが下で接客している間、子供たちを上の託児所で世話をする福利厚生を発案したのです。

だから、ハリウッドはどこへいっても子供がいっぱい。ママさんホステスは6時から閉店の11時45分まで働いて、お店が終わるとすぐさま上に上がって子供を連れて帰る。

お客もまた心得たもんで、閉店すぎまでネバるような人は誰もいませんでした。ホステスを一人のママに戻すため、みんなピタッと11時45分には帰る。1つのルールがしっかり守られていたのです。これもまた、1つの義理人情の形だと思います。

## 飲めばその人が分かる

僕は一緒に仕事をした人を分け隔てなく飲みに連れていきます。プロデューサー、ディレクターはもちろん、時にはＡＤの人も。打ち上げのときなんて、それはもうドンチャン騒ぎです。

飲んで一緒に疲れを洗い流す。これほど楽しいことはありません。

しかし、酒席とは怖いもので、人間の本性が出るものです。「飲むと、その人が分かる」。これは僕の持論です。

例えば、ついさっきまで「みのさん、みのさん」とヘイコラしていた人が、酒を飲むと「おい、みのもんた」呼ばわり。テレビに出始めの頃は、こんなことばっかりでした。

それに、この手の人は女性に対してもお行儀が悪いと相場が決まっている。綺麗な女性が隣に座ると、だいたい口説き始めるのです。口説けばセックスさせてもらえるとでも思っているのでしょうか。だから、僕はキッパリ言ってやります。

「ここは銀座ですよ。一流の店ですよ。女を口説く店じゃない。女性と楽しい会話をして、意気投合したらまた次の機会に。あるいは、裏を返してあげてください」ってね。

第一、人のお金で飲んでおきながら女性を口説くなんて、浅ましいですよね。

## 「ご馳走」の意味

僕は自分から「飲もうね」と誘った場合は、相手がどんなに目上の人でも、一銭も払わせません。

これは昔からの習慣で、払わせるほうが気持ち悪い。料理屋だろうが銀座だろうが京都のお座敷だろうが、いつでも、どこでもこちらから、ご馳走させてもらいます。

そもそも、ご馳走の「馳走」という言葉。これは、読んで字のごとく、あちこちかけ走ってお世話すること。

だから、人と飲んで楽しもうと思ったら、まず「馳走する」という気持ちが大切だと思うのです。相手に「馳走させる」なんて、おこがましいし、落ち着かない。なんていったって、一番楽しんでしまうのは、結局僕なのですから。

僕と一緒に飲んでくれる相手を敬い、相手に楽しんでもらって、僕と同じ楽しい空間を共有しましょうという気持ち。これが、僕流の「馳走」。

第一、僕は、つき合いで飲みに行くということがありません。仕事もそうですが、飲みに行くのは楽しいから。ただそれだけです。ですから、「この人のお話を聞きたいな」という人としか飲みません。

## 酒席で仕事の話はしない

つき合い酒もしない僕は、鬱憤晴らしの酒もやりません。酒は楽しくなるために飲むもの。飲んだ席で、陰気くさく、ため息まじりなんてのは勘弁です。だから、酒席で仕事の話をするのも嫌。愚痴も絶対言いません。

でも、サラリーマン時代を思い出すと、男の酒の話題のほとんどは仕事と同僚の人事話。それと、上司の悪口です。気持ちは分かりますが、ストレスの原因は、反芻させることでさらに増す気がします。

それくらいなら、隣の女の子とバカ話に興じているほうがよっぽど楽しい。疲れも嫌なことも、酒で洗い流してプワッーと忘れる。それが、健康にいい酒の飲み方だと思います。

第六章

# 1円玉を拾え

## 1円玉を拾え

金で苦労してきた僕は、嫌というほど金のありがたみを知っています。だから、僕はバス停やタクシー乗り場などで1円玉が落ちていると今でも必ず拾います。

でも、最近は、100円玉は拾っても1円玉は拾わない人がどれほど多いことか。あろうことか、僕の会社の社員でも、拾わずに素通りする人がたくさんいます。

こんな状況に出くわすと、僕は、「なんで拾わないんだよ」と叱責します。

「僕は1億円持っているけど、1円を拾うよ」と。

何も馬鹿正直に交番に届けろと言っているのではありません。1円玉を拾わない、その根性が嫌なのです。

確かに1円は小銭です。

しかし、その小銭からスタートしなければ、大銭にはなりません。1億円のもとは1円。1円がなければ1億円にはならないのです。

どうしても金額の多い、少ないばかりに目がいってしまいますが、大切なのはそのお金の価値です。そして、金額にかかわらず、大事にすること。

お金だって、大事にしてくれる人のところに集まるのです。

## 全ては1円から

1億円の始まりも、1円から。やはり、1円を笑うものは1円に泣く羽目になるのです。

当たり前のことですが、やはりお金は大切です。

最初にお金のありがたみを知ったのは、大学進学時、家計が苦しくなったため、自分で学費を調達せざるを得なくなったときです。

先に詳しく書きましたが、あのときは、僕も苦しかったですが、親はもっと苦しかったはずです。

「貯めとけばよかったなあ」と後悔したに違いありません。しかし、後悔先に立たず。

親父は親父で金策に走り回ったし、お袋はお袋で質屋を回った。けれども、そのうち借りるところもなくなるし、売るものもなくなります。

当時、サラ金というものがあったら、間違いなく手を出していたでしょう。でも、なくてよかった。あったらとっくに借金地獄で破産していたと思います。

## 手形に怯える社長業

2度目に金のありがたみを痛感したのは家業の「ニッコク」の役員になったときです。経営者になって、会社の資金繰りを考える苦労を嫌というほど味わったときは、気楽なサラリーマン稼業にどれほど戻りたかったか分かりません。

しかも、僕が役員に就任したときは、ちょうど会社が経営難の頃。毎月、手形が落とせるか、戦々恐々としていました。

手形というのは1回きりです。決済は最長180日で、この日までにキッカリ入金しない限り、落とせません。落とせないと、「不渡り日報」という新聞に会社名が載ってしまうのです。

この不渡り日報には、毎月そこここの零細企業の名前が出ています。

「ここにニッコクの名が出たらおしまいだ」

そう思うと、身も凍る思いでした。

決済日までに入金するのがきつい場合は、貰った手形と相殺して、なんとか金を作りました。

しかも、東京の金融機関より、名古屋の金融機関のほうが金利が2分ほど低いため、その2分を求めて、わざわざ名古屋の金融機関に出向くのです。

あのときは、「不渡り日報」が配達されない、日曜日や祝日だけが唯一ほっとできる日でした。今でも女房が、「あのとき、あなた、ため息ばかりだったわね」と言うほどです。

それほど零細企業、中小企業の経営者は辛い。大企業なんてのは、日本の会社のほんの1%か2%しかなく、後の40%は、中小企業。残りの58%は零細企業。すなわち、中小・零細企業がほとんどということです。つまり、ほとんどの経営者は始終金の苦労が絶えないわけです。

## お金は自分で稼ぐもの

金に苦労した僕は、女房子供だけには苦労を味わわせたくはありませんでした。この気持ちは、僕が仕事をする上で大きな励みになりました。おかげさまで、子供3人を無事大学にやることもできました。

しかし、大学の学費まで出してやったら、あとは親のお役御免。いつまでも脛《すね》をかじらせる義務はありません。小遣いだの遊び代だのは、自分で調達すべきです。僕は一貫してこの教育方針でやってきました。

ですから、子供が自動車免許を取り、車をねだってきたときも、決して買い与えませんでした。欲しかったら自分で買えばいいだけです。

でも、子供は子供で食い下がる。子供はみなスポーツをやっていたので、荷物を積むのに車が必要だと言うのです。

「練習に行くのに車で行きたいんだけど」と言ってきたら、「そんなの、電車で行けるだろ」。

「いや、遠いグラウンドのときもあるんだよ」と食い下がってきたら、「そんなの、調べて行け」。短い問答で厳しく突っぱねました。子供は甘やかしていたら図に乗るだけです。

今では、男の子2人は就職し、男3人で飲みにいくこともあります。このときばかりは、ご馳走しますが、小遣いなんて一切やりません。

また、僕は少々の資産も子供に残す気持ちはありません。金は自分で稼ぐもの。自分で稼いだ金だけが自分の金です。そのことを、しっかりと知って欲しいのです。

## 我慢するか、努力するか

金は自分で稼ぐものと言いましたが、最近「自分の金」と「そうでない金」が曖昧になっている人が多いような気がします。

クレジットカード決済が当たり前となり、消費者金融が台頭してきたせいでしょうか。やれ、ハワイに行きました、ヨーロッパに行きましたといっても、支払いは「帰ってからね」という若者が多い。クレジットも、ローンも「借金」だという意識が総じて希薄なのでしょう。

挙句の果てが、借金が返せなくなって、自己破産。それでも、妙に堂々としています。借金がチャラになって、ラッキーといった感じです。そこには、恥という概念がない。

僕らの頃は、サラ金もありませんでしたし、「月賦」もやっと出てきたかどうかという時代。そのため、旅行に行きたくとも、おいしいものが食べたくとも、お金がないなら、我慢するか、努力する、その2つしか選択肢がありませんでした。

お金があれば、あるだけの生活をすればいいし、なければないなりの生活をするしかない。誰しもが、分相応の暮らしをし、抑制するということを知っていました。

## 知恵を使って、金を使う

一方で、お金は、使わなければ価値を生み出さない。僕はそう思います。金はいわば血液。入ってきたら使わないと、血が濁ります。

僕はそれなりに「入り」も多いですが、「出」も凄いものがある。ご想像通り、年間の飲み代も結構なものですし、年間の衣装代も全部自前なのでかなりになります。というのも、稼いだら、ある程度人様に還元するのが筋。衣装をレンタルにせず、自腹で買うのも、視聴者の皆様に少しでも喜んでもらえたらという腹があるからです。

ところが、今のお金持ちは、小銭が入ってきたらすぐ、銀行や証券会社に行って資産運用をしようとする。人の知恵で利益を生もうという人が、多すぎる気がします。僕は、この考え方にどうにも馴染《なじ》めません。

先日ある銀行に、資産運用について話してくださいと言われたときも、開口一番「はっきり言うけどね、運用するなら自分で運用しなさいよ」と言ってやりました。「お嬢さんたちね、預けて運用してもらって、利益を生むなんて、自分の身になりませんよ。それとね、もっとご自分でお使いなさいよ。金は天下の回り物っていうでしょ。使って初めて、自分たちのところに戻ってくるんです。そのために、どう使ったらいいか、自分の知恵で考えなさいよ」と。

銀行のお偉方は度肝を抜かれた様子でしたが、他ならぬ僕の本音ですからご容赦いただきたいところです。

また、お金は御足。使ってくれないと歩けません。本来、歩く、走る使命をもっている人にただ座らせているのは、宝の持ち腐れです。一生懸命稼いだお金を、知恵を絞って正しく使い、正しく「馳走」する。そうすれば、お金は使えば使うほどついてきます。

もし、すぐには現金で返ってこなかったとしても、使ったことによってその価値観が、その人の考え方、生き様、姿形となって表れます。

そして、ときにそれはお金にも替えがたい財産になります。

## マネーゲームの虚しさ

人の知恵で自分の資産を増やそうというのも浅ましいですが、それ以上に品性が下劣だと思うのが、人から金を集めて運用しようという連中です。

その代表が、少し前に話題になった、ＩＴ起業家やファンドのお兄さん。やることといったら、人の金を集めて、投資して使うことだけ。それがまた、一時は成功するのです。しかし、それを続けるためには、違法行為をせざるを得ない。だから、粉飾をする。詐欺まがいを働く。結局は、捕まって裁判で泥仕合。そのお兄さんにコッソリ投資していたのが、日銀の総裁。国庫金を扱う日銀。公定歩合まで左右する日銀。通貨の番人、日銀。その総裁が、これだけセコイことをやる。

まったく、世も末という気がします。何度も言うようですが、金は自分で稼ぐもの。運用したかったら、自分の金で、自分のノウハウでやるべきです。

## ニセ金持ちにもの申す

そんな彼らも一時は、銀座でもブイブイ言わせていました。でも、どんなにいいものを着ても、どんなにいい酒を飲んでも、少しも似合っていなかった。

お金とは怖いもので、使い方が品性となって、姿形に表れるものです。お世辞にも彼らからは品性が感じられませんでした。僕は「いつかこうなるな」と早いうちから予感していました。

ＩＴのお兄さんを、番組に呼んだこともあります。このとき僕は、ズバリ言いました。

「あなたね、１００億単位のお金を動かしているけど、それって、あなたが汗を流して作ったお金なんですか?」って。

すると、「ウチは、製造業じゃありません」とくる。

「じゃあ、１００億以上集める裏づけはあるんですか? 土地でも持ってるんですか?」と言ったら、「持ってない」。

「じゃあ、ビルでも持ってるんですか?」

「いいえ、六本木の貸しビルに入ってます」

「すると、実態は何なんですか？」

こう問うと、「自社株を自分の名義にして、現金も持っている。それに、自家用機も持ってる」と言うではありませんか。

そこで、「だったら、飛行場も持っているんですか？」と言ってやったんです。

すると、相手は「エッ？」って顔をする。

すかさず僕は、「自家用機を持っているなら、自分の飛行場から飛ばなきゃダメでしょ」とダメ出ししてやりました。

## 本当のお金持ち

かのプレスリーは、無論自家用機を持っていましたが、飛び立つときは「じゃ、行くよ」とばかりに自宅の滑走路から飛び立ったそうです。

例のＩＴのお兄ちゃんも、どうせやるならこのくらいやって欲しかった。恐らく、彼らは「本当の金持ち」を知らないのでしょう。だから、贅沢の仕方がどこか貧乏くさい。何をやらせても、板についていないのです。

僕は毎年イタリーのシシリー島やサルジニア島などで休暇を取るのですが、ここではヨーロッパ中の「本物の金持ち」を嫌というほど見させられます。20人以上のお抱えクルーが乗り込む豪華客船を指差して、「ほら、あれが僕の船だよ」。クルーザーを指して「そして、あれが艀《はしけ》だよ」。「このワインは、僕のワイナリーで作ったんだ」なんて人や、「ハムとチーズは荘園で作らせたんだ」なんて人がゴロゴロいるのです。

## ブランド物を買い漁って何が悪い

いいか悪いかは別として、ヨーロッパの金持ちは歴史が違います。名だたるブランド企業の経営者は、中世からの貴族の家系だったりします。もっとも、奢れるもの久しからずで、大手のブランドグループに買収されてしまったブランドも多数ありますが。

さて、ブランドと言えば、日本人のブランド好きは有名です。イタリアのブランド店にも相変わらず日本人が押すな押すなとばかりに押し寄せます。

無論、僕もブランド物は大好きですから例外ではありません。ところが、ブランド店も行きつけるようになると、店員が僕が日本人だということも忘れて、「日本人は、どうしてこんなにたくさん買うんだ、使い切れないだろうに」なんて聞いてくるんです。

こういうとき、僕は妙にカチンと来ます。同胞の日本人をバカにされた屈辱でしょうか。先日も、こう言い返してやりました。

「あなた方の世界中の店舗で一番売り上げているのはどこですか?」

すると、彼らは、「ハラジュク〜、シンジュク〜、ギンザ〜」と答えます。要は、世界中の全売上の何分の1かは日本で売っているのです。

ほうら、御覧なさい。だったら、生意気を言うなと。あんまり頭に来たので、日本語で「使い切れないほど買うっていうけどね、日本人はベルトもバッグも財布も、朝昼晩と炒めて食っちゃうんだよ」と言ってやりました。何を言われているのか、分からない店員たちは「ほう〜!」なんて感心していましたが。

まあこれは笑い話ですが、僕が言いたいのは、日本人が世界中あちこち行って買い物して、何が悪いってことです。努力して、それだけ金持ちになったのですから、ヨーロッパ人もいい加減認めなさいと言いたいのです。今度バカにされたら、「こちとらブランド物に命かけてんだよ。文句あっか」って言ってやります。

## 見栄を張るなら張れるところまで

とはいえブランド物も、借金してまで買うようになったらおしまい。「分相応」を超えた使い方は、また浅ましいものです。

しかし、相応かどうかの線引きが難しい。見栄が邪魔をするからです。金もない分際で見栄を張る。僕もこれで何度失敗したか分かりません。

結婚前、女房とデートしたときもそうでした。当時、赤坂に「写楽」という和食屋がありました。少々高いとは聞いていましたが、女房にいいところを見せたい手前ケチれません。

ところが、メニューを見てびっくり。すさまじい価格設定に手も足も出ません。お嬢さん育ちで何も知らない女房には「好きなものを食べなさい」なんて大見得を切ったものの、僕はいきなりお茶漬けで凌ぐしかない。

食事中は会計のことが気になって少しも料理を味わえません。そしていざ、会計の段になると……。案の定、足りません。

「ちょっと、お金足りないんだけど、貸してくれない？」

一番言いたくないセリフを言う羽目になりました。

女房は、「あ、ほんと」なんて、気にも留めていない様子でしたが、僕は激しく後悔しました。

お金は次のデートで返しましたが、「馬鹿だなあ、惨めだなあ」と、自分が情けなくなりました。どうせ、見栄を張るなら、どう張ったらいいか、どのくらいの張り方が適切か、少しは考えようという気になりました。

これからです。僕が、「見栄を張るなら張れるところまで」、自分がもてる中での最高の見栄を張ると決めたのは。

とはいえ、僕はやっぱり地が見栄っ張り。次のデートで、彼女を家まで送るときは、タクシーで自宅まで送り届けた後、「じゃあね」と言って運転手さんに角まで行ってもらい、そこでスゴスゴ降りて、歩いて帰ったものです。

しかし、これがそのときの僕の身の丈に合った見栄。後々ボロが出るような見栄の張り方は、格好悪いだけです。

## 金を貸すのも自己責任

金の使い方も難しいものですが、貸し方はもっと難しいものです。だったら、最初から金は貸さない主義でいきたいものですが、人間誰しも少々羽振りがよくなると、「お金を貸してくれない」なんて声が外野から必ず聞こえてくるものです。

僕の場合もそうでした。あるとき、行きつけのクラブのママが、「従業員の給料が払えない、だから少し用立てして欲しい」と頼んできたことがありました。

「300万、いや450万もあれば、なんとかなるんだけど。すぐ返すから」

と、相手は切羽詰った様子。気の毒だとは思いましたが、「銀座で貸した金は返ってこない」が定説です。

「嫌だよ、貸せないよ」

と逃げると、「ホステスのあの子にね、男の子が生まれてね、今産休で休んでいるから、お店が困ってね。でも、あの子が帰ってくれれば、何とかなるから」

とまで言う。

子供を出しに使われたのでは、かないません。しょうがないと、観念して貸しましたが、一向に返ってきません。

催促すると、「あの子には逃げられちゃったのよ」なんてまるで他人事《ひとごと》のような言い方。しかも性懲りもないことに、「店を畳んで、今度は静岡でお茶の販売ビジネスをやるから、もうちょっと貸して欲しい」なんて言い出す始末。

ここまで来たら、もうヤケクソです。またしても、お金を貸してやりました。ついぞ1円も返ってはきませんでしたが。

その変わりとしてか、せめてもの罪滅ぼしか、この女性、一度静岡から新茶を送ってよこしたこともありましたが、そんなもの飲みたかねえよってなもんです。

せめて、貸した金が少しでも彼女の助けになっていればいいのですが。

## 金は後からついてくる

一生懸命働けば、お金は必ず後からついてきます。

こんなお説教じみたことを言うのは、最近は「一生懸命」を取っ払って、いきなり金持ちになろうとする人があまりに多いからです。

例えば、僕は最近鎌倉山の土地を買ったのですが、それが外部に漏れると、たちまち「みのさん、土地を買ったんですか。いいですね〜」とひがみ半分で囃し立てる。

それだけではありません。タチの悪いのになると、「一体いくら稼いでるんですか」なんて聞いてくる始末です。

こういう人々を見ると、僕はこう言ってやりたくなります。

「あなたも、僕ぐらい働けば、稼げるよ」ってね。当たり前のことですが、遊びたい、休みたい、汗は流したくないという人が、土台金持ちになれるわけがありません。

人のいいとこだけ見て羨むなんて、調子がいい話です。稼ぎたいなら、ろくろく眠れないこと、責任が重大なこと、常に努力が必要だということ。こうした現実も、しっかり見てもらわないと困ります。

プロセスを見ないで、結果だけを見て嫉妬するのは、お門違いというものです。

# 第七章 僕の経営論

## 僕の本業は経営者

僕は今でも「本業」はニッコクの経営者だと思っています。そのため、会社が軌道にのった今でも、経営は絶対人任せにはしません。

僕は平成11年に父親（故人）から社長を引き継ぎました。

どんなに遅くに帰っても、自宅の書斎で全国の営業所から届いた書類に目を通すのが毎晩の習慣。それが無理な場合は、どんなに眠くとも翌日の朝早くには起きて、確認し、早々に指示を出す。

そして、『朝ズバッ！』の収録が8時半に終わると、楽屋に待機してもらっている秘書と総務の担当者と毎朝の打ち合わせを行う。ここで、銀行印が必要な書類や、重要な書面、手紙類に目を通し、しかるべき処理をするのです。

夕方になると経理担当と話し、1日の入出金事項を確認。資金調達や銀行との折衝など、細かい事項を確認し、指示を出します。

テレビ局からテレビ局へ移動する時間は、書類に目を通す時間に充てています。番組の収録以外の時間は、ほとんど経営者としての仕事に費やしているので、ボーッとする時間もありません。

人には「そんなに忙しいなら、経営は人にやらせれば」と呆れられますが、一番大事なお金の出入り、人心の動きを把握できるのは、残念ながらまだ僕しかいないのです。よって、僕がやるしかない。そして、やる以上は、全責任を負って、燃焼し尽くすまでやり遂げる。やるといったらやると、僕は決めています。

## 大きくならなければ生き残れない

父から会社を引き継いだとき、僕は社長になるからには会社を大きくしようと決めました。というのも、ニッコクの社業である水道メーター業界は、大手2社がほとんどのシェアを握っているため、中小、零細は少しでも大きくなっていかない限り、生き残れないからです。

そんな切羽詰った理由から、僕は私財を投じて積極的な吸収合併を進めていきました。吸収した会社からは工場と人材を引き継ぎ、もともと持っていた拠点と統合させていったのですが、これが実に骨の折れる仕事でした。

まずぶつかったのが、新拠点をどこにするかという問題です。東京本社を中心に名古屋工場に続き、出城ともいうべき拠点をどこにつくるか。車の便がいいことが必須です。どこに拠点をおけば、社員が効率よく移動できるか。日本地図を広げて、模索する日々が始まりました。

## 戦国武将に地の利を学ぶ

このとき、参考になったのが、昔から大好きだった武田信玄、豊臣秀吉、上杉謙信、徳川家康といった名将の歴史小説でした。彼らは、地の利を得て発展した名将たちです。

みな、どこに城を築けば戦に有利か、見抜く才能を持っていました。当時は、情報を得にくい時代ですから、どこに城を築くかはそれこそ、武将の生死を分ける大問題でした。そのため、名将たちはときには1日の半分も地図を見ることに費やしていたといいます。

僕も名将にあやかって、日本地図を広げてみました。すると、あることに気がつきました。それは、戦国時代、江戸時代に作られた街道は、現在そのまんま高速道路、県道、国道になっているということ。つまり、武将たちが拙い地図を見つめて、「ここだ」と決めた道筋は、利便性という観点から、極めて完成度が高いのです。

そこで、僕は高速道路、県道、国道の3つの利便性が揃っている場所に的を絞ることにしました。こうして、一番最初に出したのが関西営業所です。関西といえば、普通は大阪に拠点を構えるものですが、僕はあえて、大阪のすぐ下の和歌山の当時岩出町（今の岩出市）を選びました。なぜなら、岩出にはできたばかりの京奈和自動車道のインターがある上、関西国際空港にも近く、県道も国道もすぐそばだからです。しかも、大阪に比べて地代は画期的に安い。結果として、僕の目に狂いはありませんでした。

次は四国です。高松にすべきか、松山にすべきか、はたまた徳島にすべきか。結局、瀬戸大橋に近い高松にしました。

中国地方は、やっぱり広島にしました。そして、北陸地方は小松にしようか、金沢にしようか迷った末、小松に決めました。小松空港に近い上、北陸自動車道の小松インターから至近距離だからです。東北は仙台と青森の2拠点体制をとることにしました。そして、水戸に工場、北陸、東海、信州の要として、諏訪に工場営業所を設けました。

これらはみな、戦国時代から重要な拠点だったところです。当時からの地の利は未だ健在なのです。

経営者は武将同様、攻めるのが仕事です。新たな拠点を置くのは、国攻めするに等しい。次はどこに狙いを定めるべきか決断する上で、武将が下した決断は、非常に勉強になるのです。

## 情報を制するものが事業を制する

全国に営業所を置く上で、所在地とともに注力したのは、人員の強化です。今までは、内勤社員が1人の営業所もありましたが、最低でも必ず2人は確保することにしました。

わが社のような中小企業は、お客様から頂くご注文や連絡を聞き漏らすことなく、すぐに対応していかないことには生き残れません。

中には人件費の無駄だと反対する人もいましたが、それよりもお客様から「いつでも連絡が取れる」という信頼を確立するほうが大切です。それに内勤1人体制では、社員が有給を取ることもできません。

これに加えて、本社および全国の営業所には情報共有システムも導入しました。このときは、もちろん僕の自宅の書斎にもネットワークを敷き、今では全国の営業所からの報告が随時見られる体制を敷いています。

戦国武将同様、情報の遅延はときに致命傷になります。情報を制する者がビジネスを制す。僕はそう考えて、情報網の確立にはそれなりの投資をしているのです。

## どんな仕事にも数字が読めることは重要

投資判断は中小企業経営者にとって極めて重要な任務です。どんな投資にせよ、それによる効果と収支のバランスを考えて、損益分岐点はこのラインだなといったことがマクロに摑めないと、過剰投資となり、そのうち会社は煮詰まります。

数字に強いことは、経営者にとっては必須条件です。そして、僕は、何も経営者だけに限ったことではなく、リーダー的な仕事の人には等しく必要だと思います。

例えば、今問題視されている財政破綻した夕張市の議員たちが数字に通じていたら、あんな無駄な予算を承認していたでしょうか。彼らが数字に疎かったゆえの、判断ミスだとしか思えません。

リーダーに経営的視点が欠如していると、結局迷惑をこうむるのは周りの人です。「不勉強でした」ではすまない話だと思います。

とはいえ、財務能力といっても何も大げさに構える必要はありません。貸借対照表と損益計算書が読めれば上等です。家計と一緒で、要は収入と支出のバランスが分かればそれで十分なのです。

## 資金繰りの苦労

僕の会社のような中小企業は、絶えず資金繰りの心配を抱えています。かつては、従業員の給料が払えるかどうかで怯える時代があったくらいです。

ということは、リスク対策から言って、最低でも3つくらいの金融機関と常にコンタクトを持つ必要があります。その3つの筆頭は、まずはメジャーな企業しか相手にしないような敷居の高い銀行。メインバンクとしておつき合いしておかないことには、いざというとき（例えば同業他社を買収するときなど）に相手にされません。次は、中小企業を相手にする銀行。そして、最後はもっと小さなとこしか相手にしない、信用組合。加えて、中小企業の保証協会。

最悪の事態に備えて、あらゆるタイプの金融機関にコネを作っておくのです。そして、どの金融機関にも、嘘をついたり隠したりせず、キャッシュフローや資金繰りは洗いざらい話すこと。そうすれば、いざというとき助けてくれる金融機関は必ず現れます。

一方、見込み業績を水増しして話したり、調べられれば分かるような負債を隠したりと、セコい見栄を張っていると、どの金融機関とも信頼関係が結べません。

これは何も金融機関に限った話ではありませんが、嘘をつく、隠すという行為は、信頼関係を一度で台無しにしてしまう。そして一度失った信頼関係はほとんどの場合、二度と回復しないのです。

## 失われた信頼

一度失った信頼を回復することは、一筋縄ではいきません。随分前の話ですが、僕が社長になったばかりのとき、いいかげんなメーカーに引っかかって不良品を摑まされ、納品先から全部返品されてきたことがありました。

報告を受けた僕は、すぐさまお客様のもとに駆けつけました。まずやるべきは、謝罪です。加えて、事故が起きた状況を説明し、なんとか修理をやらせてもらえるよう必死でお願いしました。

しかし、一度失った信頼はそうは取り返せません。先方は怒り心頭で、「冗談じゃねえよ。もう、ほかのメーカーに納めさせるから。君は今後一切指名からはずす」と取りつく島もありません。しかし、ここで諦めるわけにはいきません。

ここからが勝負でした。それこそお百度参りよろしく、毎日のように通っては、「やらせてください」と頭を下げる日々。お客様が根負けしてくれたときは、そのまま地面にヘナヘナと倒れこみそうでした。

結局、無料で修理してなんとかコトは丸く治めましたが、もちろんこのときの御代は頂きませんでした。さらに、向こう何ヶ月分のメーターも無料で納めさせてもらうことを約束しました。

この費用は高くつきました。確か、1000万円以上かかったと思います。その後、資金を調達するのに困ったほどです。

ここまでして、やっと信頼を回復できるかどうかというのが商売の現実です。ですから、僕は巷《ちまた》でよく言われている「失敗を恐れるな」という言葉はどうも釈然としないのです。失敗はやはり恐れなくてはいけません。

失敗を避けるために、経営者として努力していることは、その瞬間、瞬間を本気で一生懸命するという一言に尽きます。たとえ、世間では失敗と言われても、義理やルールをきちんと守っていれば、社会も友達も周りの人も認めてくれます。それが信頼というものだと思います。

## 全ては経営者の責任

結局このときの失敗は、わが社が品質管理をきっちりやらなかったことが原因でした。格好つけるわけではないですが、僕は仕入先が悪いとは思いませんでした。

これは社内のマネジメントにしてもそうです。社員に任せた仕事が失敗したとしたら、それは任せた僕の責任。経営者は、社員に責任を負わせてはいけません。

責任を負わせるときは、その社員が負える程度の責任範囲に限定する。そうしないことには、社員に負担をかけるだけです。

番組の司会の仕事にしても同じです。僕は、番組の司会者は、一つの番組の経営者だと思っています。従って、最終責任は、全部僕にある。

どこの番組制作会社が作ろうが、僕が間違ったことを言ったとしたら、僕の責任です。「お前が書いた原稿だ」なんてことは、絶対に言えない。それだけはいつも肝に銘じています。

ライブドア事件、何とかファンドのインサイダー取引、三大証券の一角の粉飾決算、大手電機会社の人材偽装請負、ペコちゃんの消費期限切れ材料使用……。最近、こんなズルやゴマカシの事件ばかりが続出しています。まるで、チンケな詐欺師の事件簿ですが、仮にも上場している大企業が、平気でこんな詐欺まがいを働くのですから、まったく情けなくなります。

僕は、これら不祥事は全部経営者の責任だと考えます。巻き込まれた従業員、お客さん、株主らの無念はいかばかりでしょう。

経営者に嘘やごまかしはタブー中のタブーです。ズルを働くのは、もっと儲けたいとか、コストを抑えたいとか、会社を存続させたいとか、それぞれの思惑があるのでしょうが、経営者はもっと物事をシンプルに考えなくてはだめです。

例えば、あのとき不二家の社長が取るべき選択肢は、たとえ少子化でお菓子の売上が減ってコストカットが急務であるという背景があったとしても、本来2つしかなかったはず。売れる商品を考えるか、規模を縮小するか。消費期限切れの材料を使わせて多少のコストをカットしたところで、本質的な問題解決にはなりません。

## 社長は常に社員に評価されている

社員がしっかり働いてくれるかどうかも、経営者の責任です。ちょっと前に業績の振るわない大企業の社長が、「社員が働かないから悪い」などと言っていましたが、僕からしてみたら見当違いもいいところ。社員が働くか働かないかは、全て社長の行動にかかっています。

社長が社員を見る以上に、社員は社長をシビアに観察しています。社長が頑張っていれば、僕も頑張ろうというのが人情。言い換えれば、働かない社長のもとでは社員もやる気にならないのは当たり前です。

社員に頑張って欲しかったら、社長はまずは自分が頑張るしかない。人材教育の第一歩は、まずは社長が社内一働くこと。僕はそう考えています。

## 最終面接は必ず僕がする

経営は、ヒト・モノ・カネを司ることなんて言いますが、僕はとりわけヒトのマネジメントを重視しています。

わけても、採用は特に重要です。人間は社会人になるまでにあらかた決まってしまいます。もちろん、会社で社員教育はしますが、それ以前の教育までは手出しができません。だから、採用はとても大切なプロセスなのです。

そのため、僕は決して採用を人任せにしません。地方の工場での採用は、資料を全部送ってもらい、しかるべき人間に2度面接してもらった後、最後は僕が電話で最終面接をしますし、東京本社での採用は最終面接にはなるべく立ち会うようにしています（大概の人は、社長が「みのもんた」だということは知りませんから、ビックリしてしまいますが)。

最終面接では、相手の人柄を確認すると同時に、当方の勤務条件についても率直にお話しします。

「うちはね、朝の3時に起きて3時半出発なんて当たり前だよ」

こんなことは平気で言ってしまいます。半分の応募者は、コレで応募を取り消しますが、仕方がありません。条件を「偽装」して無理に入ってもらったところで、すぐに辞めてしまいます。

面接は、こちらが応募者を選ぶと同時に、応募者もこちらを選ぶ、いわばお見合いです。選ばれなかったら、諦めるしかありません。

一方、僕はどんな人を選ぶのかを一言で言うと、ウチに採用されないと生活に困る人。加えて、嘘がなくて正直な人。そんな人が理想です。

ですから、僕が「いろんなとこ、受けたんでしょ」と聞くと、例えば「今も2つ受けています」なんて素直に言ってくれる人が好ましい。

そして、こう続けるのです。

「どっか受かるといいね。自分が行きたいと思う順番をつけて、ウチが一番になったら来てよ」とね。

それで、1週間、間を空けて、こちらから連絡するのです。「ウチが一番になった？」と。中には「ハイ」と言ってくれる人もいるし、「お断りします」という人もいます。わけても僕が歓迎するのが、他の会社に全滅して仕方なしにウチに来たいという人。

何も、能力が高い必要なんてありません。他にいくところのない人は、本当に数少ない能力しかなくても、その能力を最大限発揮しようとしてくれる。結果、一番信頼できるのです。

## 実力主義一辺倒は行き詰る

僕が目指すのは家族的な会社。こういうと、時代遅れと思われるかもしれません。世の中の方向は実力主義一辺倒です。

もちろん、僕は実力主義を否定しません。ただ、「実力」という1つの軸で評価するのはいかがなものかと思うのです。

というのも、人間の持つ「実力」にはいろんな実力があると思うのです。掃除の実力、鉛筆を削る実力、宴会の実力。そして、営業マンとしての実力。経理としての実力。

それだけではありません。「実力」の種類は地方によっても違います。例えば、福岡の支店と鹿児島の営業所では同じ九州でも文化が違います。ですから、福岡で評価される「実力」と鹿児島で評価されるそれは種類が違う。つまり、実力には色々な方向性があるし、評価軸も曖昧なので、一口には語れません。それを単一的に評価するなんて、土台無理な話なのです。

そして、社員それぞれの「実力」を見極めて適材適所に配置するのは、経営者である管理者の義務であり責任です。管理職にいる人間が、「あいつは実力がない」なんて言うのは、その管理者に社員を生かす「実力」がないか、その社員の「実力」がその職場には向いていないのかどちらかではないでしょうか。

## 従業員を信じる

僕は人を単一的に見る実力主義には懐疑的です。同様の理由で、めったな理由では解雇したり降格させたりはしません。リストラや解雇が多い会社は、社員が安心して働けず、社員の士気が上がりません。第一、僕自身そんな居心地の悪い会社を経営したくありません。

とはいえ、「めったに」と書いたのは、今まで一度も社員を解雇しなかったと言ったら嘘になるからです。

実は、恥ずかしい話ですが、かつて会社の金を横領してそのままドロンした社員がいました。この男、過去に何度も会社の車を私用で使ったことがあったのですが、それは許してきました。でも、さすがに横領だけは許せません。武士の情けで犯罪扱いにはしませんでしたが、速やかにお引取り願いました。解雇したのは、この人くらいです。

僕のルールは「仏の顔も3度まで」。1度の失敗は許す。2度目も許す、3度目は警告する。でも、4度目は許さない。こう言うと随分寛容だと言われますが、僕は元来人間性善説主義。注意して改善が見られるようだったら、可能性にかけたい。それが人情だと思うのです。

社員を信じられなくなったら、経営者はおしまいです。と同時に、社員から信じてもらえない経営者も終わりだと僕は思うのです。

## 社員が誇れる会社に

僕が目指す会社作りは、社員が仕事と家庭を両立できる会社にすること。自分が仕事にかまけて家庭を省みなかった反省の意味もあり、社員には家族を大事にして欲しい。そう思うのです。

そして、理想を言えば、社員が家族に誇れる会社にしたい。社員が子供に「お父さんはどんな会社に勤めているの？」と聞かれたとき、「こういう会社だよ」と誇りを持って言える会社にしたいのです。

そのための1つとして、僕の会社は男性社員にも育児休暇制度が取れるように制度を変えました。そしてゆくゆくは、工場内に子供とともに出勤できる託児所を作るつもりです。

これは、わが社のある男性社員に子供が生まれ、育児に協力したいから休ませて欲しいという相談があったことがキッカケでした（正直、このとき僕はとても嬉しかったのです。一時は倒産の危機まであった会社が、社員に家族のことを相談してもらえるようにまでなったのですから）。だったらいっそ、社員全員に育児休暇を認めようと今回の制度変更に至ったのです。

育児休暇の許可や託児所の開設は小さな一歩かもしれません。しかし、こうすることで、社員が少しでも自分の会社を誇りに思ってくれれば、経営者としてそれほど嬉しいことはありません。

ちなみに、今年から社員の定年も62歳から65歳に引き延ばすことにしました。僕を見てもらえれば分かるとおり、60代なんてまだまだ働き盛り。辞めてもらうなんて、勿体なさすぎます。

## 勉強しない大学生はいらない

定年を引き上げる一方で、わが社では新卒採用も積極的に展開しています。ちなみに、今年お迎えする新入社員は10人。一部大卒もいますが、ほとんどが高卒です。

というのも、僕はアホな大卒は採りたくないのです。4年間何も学んでいないのはまだしも、高校までに習ったことまですっかり忘れてしまう大学生があまりに多いからです。難関のアナウンサー試験を突破して入ってくる新人アナウンサーでさえ、字も読めないようなアホが平気でいるくらい。そのくせプライドだけは高卒以上ですから、使いにくいことこの上ありません。

そこへいくと、高卒は過去に勉強したことを覚えていて、大卒より素直で柔軟です。何度も言うとおり、僕の会社は身一つと素直な心さえもって来てくれれば、しっかり教育しますから、態度だけは一人前の大学生に媚《こび》を売ってまで来てもらおうとは思いません。

## 採用の決め手は素直さ

僕が人材に「素直な人柄」を求めるのは、今はそれほど実力はなくとも、伸びしろがあるからです。素直な人間は教育さえしっかりしてあげれば、すぐに吸収してくれますから、結果としてものになることが多いのです。

このことを僕はゴルフの練習で学びました。僕は、あの王貞治を育てたことで有名な荒川博さんにゴルフを習っていたことがあるのですが、さすがは名コーチ。指導が懇切丁寧に過ぎて、やることなすこと否定されてしまうので、正直辟易していたのです。すると荒川さんに、こっちの気分を見透かされて、「みのちゃん、素直にきくと絶対伸びるよ」とダメ出しされてしまいました。

これがおっしゃる通りでした。大人しく指導されるがままに言うことを聞いていると、確かに実力はグンと伸びたのです。先輩の言うことは聞くものだと、実感したのを今でもよく覚えています。

ところが、最近の連中は下手なプライドがあって、人の言うことをあまり聞きません。「こうしたほうがいいんじゃないの？」なんて言おうものなら、返す刀で「いや、私はこういう風に思ったからこうやりました」と言い返してくる人が大半です。ミスを責めようものなら、7割がたは言い訳ばかりして謝りもしません。

まずそこで、「すみません」と言えば、助けてもらえるかもしれないのにもったいないことです。若者にはまず素直さを身に着けて欲しいものです。

## 説教はせず、まず自分がやってみせる

素直な人材は、教育の手間を惜しまなければ、能力は飛躍的に伸びるものです。ただし、重要なのが教え方です。

あまり説教がましくやかましく教えるのは、いくら素直な人間でも、ストレスが溜まってそのうち聞く耳を持たなくなります。そこで、僕が実践しているのは、まず自分がやってみせるというやり方。

僕の会社では「帰るときは机を片づけてから帰り、何も載っていない状態に」というルールを作って、整理整頓を徹底しているのですが、それでも、ほうっておけばいつの間にか、給湯室のシンクがヌルヌル、冷蔵庫は社員の私物でグチャグチャなんてことは多々あります。こんなとき、僕は社員に「片づけなさい」なんて言いません。シンクの水垢が目につくようだったら、自分で排水溝を分解して洗浄を始めてしまいます。

そうすると、心ある社員は「私がやります」と言ってくれます。そこで、「こう洗えばベタつかないと思うよ」とやり方を教えてあげれば、分かってくれるのです。

お茶の入れ方にしたってそう。今の若者は、紙コップを置いて「お茶」のボタンを押

せばお茶が出てくる環境にいるものだから、正しいお茶の入れ方を知りません。だから僕は少々時間がかかっても、「お茶ってのはね、急須にお湯を入れて温めて、そのお湯は捨てて、もう一度急須にお湯を入れる。そして、湯飲みにもお湯を入れて、温める。そして、お茶を注ぐんですよ」と実践してみせます。

社長だからといってただ偉そうにふんぞりかえって威張っているだけでは、誰も言うことなんて聞いてくれません。お説教はあまりせず、まずやって示すことが大事だと思うのです。

## 社員の働きぶりが分かる2つの記録

僕は社員の能力を伸ばすには、権限を委譲し仕事を任せることも重要だと考える一方で、しっかり管理することも欠かせないと思っています。

人はほうっておけばどうしても怠惰な方向に流れます。そして、「腐ったミカン」ではありませんが、サボる社員が1人生まれると、似たような人種が続出する傾向があります。こうなると、組織のムードは一気に停滞。甚大なミスが起こる可能性が非常に高まります。こうなってからでは遅いのです。

よって、僕は、管理者教育を強化すると同時に、僕自身もしっかり社員を管理しています。そうは言っても、司会業で忙しい僕は、毎日会社に行けるとも限りません。ましてや地方の支社ともなると、僕が直接出向いて社員に指導できるのは年に数回しかありません。そこで僕が重視しているのが、営業日誌と通話記録を見て社員の仕事ぶりを確認することです。この2つだけは、どんなに忙しくても、毎日しっかり目を通します。

まずは営業日誌についてですが、これは今日1日どこを訪問したのか、反応はどうだったかを、社員に細かく書いてもらった記録です。公式書類ではないので、嘘を書くことは可能と言えば可能ですが、僕の目はそうそうごまかせません。日本中の地図が頭に入っている僕は、どこからどこに行けば何時間くらいかかるか、完璧に把握しています。そのため、たとえ社員が嘘を書いても、すぐに見破れてしまうのです。

次は通話記録についてですが、こちらは、営業マンが何時何分に誰から誰に何の用件で電話したかを打ち出したペーパーです。これを見るのは骨が折れますが、社員の仕事ぶりを把握するには非常に重大な指標なのです。通話記録には、社員の仕事ぶりが如実に表れます。熱心な社員は確認や営業のためマメに電話を掛ける一方で、消極的な社員はあまり電話をしません。従って、これらを通期で見比べていれば、誰が頑張っているか、そして誰がやる気をなくしているかがわかるのです。

このように、僕は社員の評価にはわりとうるさいほうです。とはいえ、僕は何も社員をガチガチに管理しようとしているのではありません。あまつさえ、社員をこき使おうとしているわけでもありません。

むしろ、しっかり働いている社員にはしっかり報いてあげたいというのが本音。従って、頑張った社員には、積極的に昇給・昇格させます。「頑張れば報われる」環境を作ることで、社員に思う存分実力を伸ばして欲しいのです。

## 『三国志』に学ぶ経営者の極意

人事や経営上の悩みで行き詰ると、必ず読み返す本があります。それは、吉川英治の『三国志』。中でも、「七歩詩」というくだりは毎度、胸打たれます。

かいつまんで内容を紹介しましょう。当時の中国は兄弟が喧嘩すると、勝ったほうが征伐しなくてはいけないのですが、一番位の高い人の処刑は釜茹でなんです。

つまり、負けたほうは、自ら釜まで七歩歩き、身を投げ出さなくてはいけない。それを、一族郎党が、全員見届けるのです。

そのとき、敗者が言うのです。どうして、豆を煮るのに、豆箕《まめがら》を焼かなくてはいけないのかと。

豆とは釜中に入る自分、豆箕とはそれを燃やす火種のことです。要するに、もともとは同じ親（豆）から生まれたのに、なぜ豆を煮るのに豆箕を燃やさなくてはいけないのかと彼は嘆きつつ、釜に身を投げるという、実に悲しい話です。

僕のいる実業界も芸能界も当時の中国さながらの実力社会。なので、常に争いが絶えません。豆を煮るのに、その豆を育てた豆箕を燃やすようなことがたくさんあります。そういう場面を見るにつけ、僕は「ああ、俺と一緒に育った豆箕が燃やされている」と胸が痛くなります。と同時に、この世界は勝たないことには生き残れません。そんなジレンマで悩んだときに、僕は必ずこの部分を読み返して、「少なくとも僕は、同胞を燃やすことはしない」と決意を新たにするのです。

## 社員の実績にはきちんと報いる

一方、ニッコクの経営者として社員に報酬を与える立場にいます。

今、巷でホワイトカラー・エグゼンプションが話題ですが、この法案は、成果主義の導入に伴い、ホワイトカラー労働者の労働時間規定の適用を除外しようという経営者側からの提案です。この制度が導入されれば「1日8時間、週40時間」の法定労働時間を超えて働いても、ホワイトカラーは残業代がつかなくなります。

確かに経営者側からしたら、残業手当のための残業をする社員が多すぎると思うのは分かります。だからといって、残業手当をやめちゃえというのはいささか暴論ではないでしょうか。その前に、経営者は本当に必要な残業だけをしてもらう体制を敷いていたのでしょうか。社員の残業が、必要な残業か残業代目当ての残業か分からないから、いっそ払いたくないというのが実情なのだと思います。これでは、経営者としてあまりにいいかげん。情けないと思います。

また、僕がもっと情けないと思うのが、社員の基本給をなかなか上げてやらない経営者。ちなみに、わが社の場合は、ボーナス支給はなく、その分基本給を上げ12分割して支給する仕組みです。

ボーナスがないというと聞こえは悪いかもしれませんが、僕から言わせれば、基本給が少なくボーナスだけはリッパという会社こそ、実は一番汚いのです。ボーナスはあくまで会社の業績から出た利潤ですから、会社が傾いたら支払う必要はありません。ということは、社員からしてみたら、ボーナス分は必ずしも保証されていないのです。これでは、社員は不安でしょう。

だったら、最初から年収保証をしてあげたほうがフェアです。そのほうが、社員も「1年間この会社で真面目に仕事をすれば年収いくらは確保できる」と安心して働けますからね。

さらに、これは極めて重要なことですが、経営者は社員の実績向上には、きちんと報酬で報いてあげるべきです。口先で「よくやってくれているね」なんて言うのは、社員からしたら1円にもなりません。

給料は、生活の糧であると同時にやる気の源泉ですから、昇給についてはよくよく考えてあげるべきです。

# 第八章

# 仕事は女房との二人三脚

## 男の幸せは女しだい

僕はこれまでの人生、トコトン人に恵まれました。両親はもちろんのこと、中学時代からの友達、仕事仲間、そして飲み友達。

中でも、女房に恵まれました。やっぱり男はいい女房を娶《めと》るべきだと思います。手前味噌で恐縮ですが、うちの女房というのがとてもよくできた嫁なんです。

以前にもこんなことがありました。女房と超有名ブランド会社のディナーパーティーに行ったときのことです。このときは、さすがはブランド企業なだけあって、高級ホテルの高級な会場で高級なお客様をぎっしり集めてそれはそれは盛大なパーティーでした。隣はどこそこの大メーカーのオーナーご夫妻。向かいは、大きな商事会社の社長ご夫妻といった風に、まさに日本のハイソが大集結。

しかし、その実態は実にお粗末でした。あれだけの大企業の社長で、地位もお金もある方たちが、話題とくれば、服の話、宝石の話、バカンスの話くらいしかない。

やれ子供が行っている学校がどうだの、家庭教師がどうだの、3人のお手伝いさんがどうだの、実にくだらない。「3人のお手伝いさん自慢」の人なんぞ、よっぽど「3人」

を強調したかったらしく、「3人」の「3人」のと連呼する始末。しかも、「よかったら、今度回しますよ」だって。思わず、「お手伝いさんは、将棋の駒じゃないんだよ」と突っ込みそうになりました。

翻って、ウチの女房は話題に参加もせず、黙々と食事をしていました。ふと、その手を見るとあかぎれだらけ。隣の奥さんは、「その爪で米が研げるのか」というようなネイルアートをしているというのに、ウチの女房はひび割れのあかぎれ。子供3人を育てた、家事労働をきちんとやっている手です。しかも、指輪1つしていません。

しかし、態度は堂々たるもの。誰に恥じるでもなく、毅然としていました。

それまで僕は、女房の手がひび割れたり、あかぎれているのは当たり前だと思っていました。彼女だって、きっとこういったパーティーでは指輪の1つでもして、おしゃれをしたかったと思います。

堂々としている彼女の姿を見て、僕はなんだかグッときてしまいました。そして、同時に、名前を呼びつけにされたり、名前をばかにされたりして、一々怒っていた自分に腹が立ちました。

このとき、二度惚れとでも言いましょうか、惚れ直してしまいました。

## 弁当の思い出

そんな女房と出会ったのは、僕が立教大学2年生のとき。僕が入っていた放送研究会に1年後輩として入ってきたのが妻でした。すぐ気に入ってつき合いだしたのですが、まずノックアウトされたのは僕の胃袋。よく、結婚式で「男は胃袋でつかまえろ」とスピーチする人がいますが、僕の場合まさに胃袋がつかまっちゃったという感じ。

そのくらい女房の料理は美味しかった。よく立教のキャンパスにゴザを敷いて、妻手製の弁当を広げたものです。

僕の人生には「弁当」のいい思い出がたくさん詰まっています。まず、忘れがたいのが、中学・高校の6年間、1日も欠かさず作ってくれた母の弁当です。

母は、僕が小学3年生のころ結核の病に倒れ、長いこと療養生活を送っていました。幸い、小学6年生のときにアメリカ製の薬で全快しましたが、依然として体は弱かった。なのに、どんなに具合が悪くても、僕のために弁当を用意してくれたのです。

病気で不在だった3年間を埋め合わせするつもりだったのでしょうか。そんな、母の弁当を見ると、たとえ風邪っぴきで熱があっても、学校を休めません。「これを持って学校に行かなくては。お袋に申し訳ない」という気持ちになってしまうのです。

でも、そのお陰で僕は中学・高校の6年間は1日たりとも学校を休まず、皆勤賞でした。賞状を受け取るときに、「この表彰状は、御法川のお母さんにあげるものだ」と先生に言ってもらえたときは、グッとこみ上げてくるものがありました。

もう1つは、先に書きましたキャンパスで食べた女房の弁当。思い返せば、あれはバイトに明け暮れ、頑張っていた僕への女房なりのエールだったのでしょうか。効果は絶大で、大いに励まされました。

最後は、『おもいッきりテレビ』のレギュラーが決まってから、毎日持たせてくれた、これまた女房の弁当。最近でこそ『朝ズバッ！』が始まったので、さすがになくなりましたが、この習慣は実に17年続きました。そして、この間、2つと同じ弁当はないほど、毎日おかずが違いました。

だから、弁当を開ける瞬間は、毎日童心に返ってワクワク。番組が始まったばかりでプレッシャーにさいなまれていたときも、プロデューサーにダメ出しを食らったときも、視聴率が思うように伸びなかったときも、この弁当がどれほど僕の心の支えになってくれたか分かりません。

## 認知症の母を最期まで看た妻

中高時代毎日弁当を作ってくれたその母も、70歳を過ぎると、変化が起きました。ある朝のことです。いつも通り、両親の部屋に新聞を届けにいくと、「私はあなたのところになんか嫁に来たくなかったんだ！」なんていう乱暴な声が聞こえてくる。親父が朝帰りしたと言って怒っているのです。

明らかにボケの始まりでした。お袋は世に言うアルツハイマー病に冒されてしまったのです。

それから4年間は、あちらこちらの病院にお袋を連れて歩きました。しかし、当時はアルツハイマー病の患者を十分に治療する病院は皆無でした。ようやく4、5人のお医者さんに看《み》てもらったのですが、「家族ぐるみで介護するのが大切だ」と言われて帰される。たまに入院させてもらえても、3ヶ月単位で病院をたらいまわしにされるだけ。もう少し、看てもらえないかと頼んでも「決まりですから」とそっけなくされ、途方にくれたものです。

女房は自宅介護をしようと言ってくれるのですが、お袋の症状は明らかに悪化の一途です。徘徊は始まるし、異常なまでの嫉妬深さや我儘を見せるなど、そのうち手に負えなくなることは明々白々でした。

それよりも僕が心配したのが、子供たちへの影響です。人間の老いの姿を見せることによって、ある種の失望や厭世観を抱かせるのではないかと、恐れました。

ところが、女房がある日、僕に言うのです。

「あなた、おばあちゃんの笑顔を見てごらんなさい。認知症になった老人が笑う笑顔って天使だよ。おばあちゃんのあの笑顔を見ている子供たちの幸せそうな顔を見て。おばあちゃんが大変になったとき、子供たちが必死で探して歩くのよ。これは絶対教育にもいいはずよ。なのに、あなたはどうして病院に入れようとするの？　私たちで最期まで面倒見ましょうよ」

女房の温情が、骨身にこたえました。俺は何を心配していたのだと、自分が情けなくなりました。

こうして、お袋がボケてからも女房は4年以上辛抱強く看病を続けてくれました。さすがに最後は親父のほうが精神的に参ってしまい、1人の患者に3人の介護士がつく完全介護型の病院に入れましたが、お袋は幸せだったと思います。

## 20年続く「妻のアルバム」

母の介護をしているときも、女房は愚痴も言いませんでした。いや、それだけではありません。僕が外でドンチャン騒ぎしたときも、金を使いすぎて家計に手を出したときも、文句一つ言わなかった。それどころか、毎日弁当を持たせてくれ、黙って話を聞いてくれ、ときには銀座のクラブの予約まで入れてくれました。

女性スキャンダルをおこしたときもそうでした。女房は僕に黙って関係者に「みのが、失礼いたしました」と謝罪して回ってくれたと言うのです。ですから、僕は女房だけにはまったく頭が上がりません。

僕の衣装にしたってそうです。僕はもう20年以上も、女房に衣装を調達してもらっています。そう、女房は僕のスタイリストでもあるのです。

これは、想像以上に大変な仕事です。1日何本もの番組に出演するため、衣装がカブらないように、大量に購入するだけでも重労働。しかも、好みのうるさい僕が、時々文句をたれる始末。そんなときも、「……」と僕を見つめ、黙って服を取り替えてくれます。

まったくもって、ありがたいの一言です。ちなみに女房は、僕の服の「記録」として毎朝写真を撮ってくれるのですが、先日この「写真集」だけで20冊を超えました。

それほど、僕の服装に気を使ってくれるのに、自分は服1枚、宝石1つ欲しがらない。自分で言うのもなんですが、まったく見上げた女房だと思います。

## 女房は釈迦、男は孫悟空

そんな見上げた女房に、僕は迷惑をいっぱいかけてきました。まずは、僕の遊び好き。

結婚したばかりで金のないときから、生意気にも銀座に出入りし、ろくすっぽ給料を渡さないときもありましたし、麻雀に狂って家計に大穴をあけたこともありました。

僕はそのたんびに、何度土下座して謝ったか分かりません。優しい女房は、そのたびに許してくれましたが、はたして呆れ果てていただけかもしれません。

しかし、これだけ長く連れ添うと、ありがたいというかなんと言うか、女房からしたら僕の行動などお見通しのようです。ちょっとバカをやろうとしても、先手を打たれるのがオチですから。まるで釈迦と孫悟空の関係です。

先日も、連ちゃんでドンチャン騒ぎしようと祇園に行ったら、置屋のお母さんに「さっきさ、奥さんと話したんだけど、明日朝一番で鯖寿司持って帰ってくれる？」なんて言われてしまいました。鯖寿司なんて生ものを注文されたら、帰らざるを得ません。

しかし、これもまたありがたいことです。というのも、僕は遊びとなるとはじけ過ぎて理性がきかなくなるときがある。それを知っている女房は、自ら僕の「理性役」を買って出てくれているのです。

それもある意味愛情。ありがたやと甘受させて頂くしか、ありません。

## パパに感謝しなさい

そんなこんなで、女房に感謝することは山ほどありますが、やっぱり一番ありがたかったのは3人の子供をしっかり育ててくれたことです。

僕は、仕事を休むことが嫌いだったから、教育も女房に任せきり。子供と食卓を囲むなんて、めったにありませんでした。

子供が育ち盛りのときは、文化放送を辞め、家業のニッコクの役員をやっていましたが、このときも今以上に忙しかった。しかも金がなかったから、朝4時半に起きて、4時53分の逗子発上り始発に乗って東京に行き、6時の始発のひかりに乗って本社のある名古屋に行き、そのまま工場に到着するのが8時半。夜まで仕事をして、東京行き最終列車9時43分に飛び乗る。逗子の自宅にたどり着くのは深夜の1時です。そんな生活を毎日繰り返していたため、子供の顔を見る暇もありません。まったく、女房、子供には淋しい思いをさせたと思います。

なのに、女房はいつだって僕を引き立ててくれました。給料を手渡すと、子供たちを呼んで、「パパが一生懸命働いてきてくれたんだよ。パパに感謝しなさいよ」と言ってくれる。たまに、家族で食卓を囲むときも、必ず僕を真ん中に座らせてくれる。たとえ、子供がテレビ番組を見たがっても、僕が席を立つまでは、立たせない。そうやって、親父の威厳を保持してくれたのです。

## 子供を躾ける

また、最近イジメによる子供の自殺が深刻化しています。その対応を巡って、学校が「イジメ隠し」をしたり、教育委員会が責任逃れをしたりと、相変わらずの自己保身を繰り返しています。確かに役人の無責任主義は目に余ります。しかし、親に責任はないのでしょうか？

誰も言わないから僕はあえて言いますが、イジメによる自殺の一因には親にも責任があると思います。学校とは、子供にとって初めて関わる組織です。そして、人とのつきあいの一番最少で、身近な単位が家族であり、家庭です。

組織でうまくやっていくには、家庭でもっと団体で行動するための心得を教え込んでから、送り出すのが筋。「共同生活ではこうやるんだ」と、親が組織で渡り歩くコツくらい教えてやるべきです。

このままでは、子供は親の犠牲になってしまいます。イジメについては、教育委員会がどうの、校長がどうの、教師がどうのと言う前に、子供をきちんと躾《しつ》けることを問うべきだと思います。

## たとえ朝でも父、帰る

これだけ献身してくれる女房と子供たちへ、僕がせめてものお詫びとして自らに課しているのが、たとえ明け方になっても、絶対家には帰ること。

これは、長年の「ルール」となっているため、僕はもはや外に泊まるのは億劫《おっくう》です。たとえ、2時間しか眠れなくても、絶対家には帰ります。ここまでくると、「帰巣本能」と言ってもいいでしょう。

やっぱり、隣に母ちゃんがいてくれて、言いたいことを言って、「聞いてくれているの?」、「聞いている」と言うのが、至福のとき。女房の手を4秒も握っていれば、スッと寝てしまいます。

最近は、仕事の関係で金曜日だけは東京のホテルに泊まっていますが、このときも必ず女房に来てもらう。夫婦とはおかしなもので、40年以上も連れ添っていると、隣で眠ってくれないと、眠った気がしないのです。

## 女房とは2人で1人

60歳をゆうに過ぎた僕が言うのもなんですが、やっぱり夫婦は同じ部屋で隣同士に寝ることがとっても大事だと思います。セックスをする、しないなんて関係ありません。ぬくもりを感じることに意味があるのです。こうすることで、心が落ち着くし、夫婦の絆が保てるというものです。

僕の場合、仕事の悩みがあるときなんぞ、きまって女房のベッドに潜り込みます。これがあったかいんです。「僕は1人じゃないんだ。2人で生きているんだ」と思うと、いつしか心までほっこり温かくなる。

「この人だけは、たとえ僕が無一文になっても体を張って味方してくれるだろうな」なんて思うと、よし明日も頑張るぞとやる気になるのです。

だから、僕は頑張れる。1人で頑張っているんじゃない、2人で頑張っているんだと思うと、どんな辛いことも怖くはありません。死ぬまで女房と二人三脚、何だってやってやろうという気になるのです。

# あとがき

朝がきた。

新しい朝だ。

自分のための朝だ。


これは父が最期に僕のために残してくれた言葉です。

父の跡を継いで、現在僕が代表取締役を務める、水道メーター会社ニッコクに、標語として飾ってあります。

僕はこの言葉が大好きです。

人生には流れというものがあります。運命の大きな流れには、抗《あらが》えない。

でも、その瞬間、瞬間を本気で、一生懸命生きていれば、いつかは流れがくる。世の中の流れ、テレビの世界の流れは、これからも変わるでしょう。変化に対応できず、いつか流れにのれない日がくるかもしれません。

でも、朝、目覚めたとき、「新しい朝がきた」と思えるような生き方をしようと心に誓っています。

この本が、ひとりでも多くの方に「自分のための朝」を迎えてもらえる助けになれば幸いです。

二〇〇七年三月一日

みのもんた

幻冬舎新書 033

# 義理と人情
## 僕はなぜ働くのか

二〇〇七年三月三十日 第一刷発行

著者 みのもんた
発行者 見城 徹
発行所 株式会社 幻冬舎
〒一五一-〇〇五一 東京都渋谷区千駄ヶ谷四-九-七
電話 〇三-五四一一-六二一一(編集)
〇三-五四一一-六二二二(営業)
振替 〇〇一二〇-八-七六七六四三
ブックデザイン 鈴木成一デザイン室
印刷・製本所 中央精版印刷株式会社

検印廃止

Printed in Japan ISBN978-4-344-98032-7 C0295
み-2-1

幻冬舎ホームページアドレスhttp://www.gentosha.co.jp/
*この本に関するご意見・ご感想をメールでお寄せいただく場合は、comment@gentosha.co.jpまで。

GENTOSHA